ハーレムファンタジア
囚われの姫騎士団

鷹羽シン

illustration◎あいざわひろし

美少女文庫
FRANCE SHOIN

プロローグ　魔法騎士と淫らな予知夢

今とは異なる時、異なる世界。

吹き抜ける涼やかな風に長い黒髪をなびかせつつ、一人の少女が小高い丘の上から眼下に広がる美しい風景を目を細めて見下ろしていた。

「キレイ……」

この場所からは、その少女・ミールが生まれ育った愛する祖国、森と湖に囲まれた平和な小王国シャインベルクが一望できる。しばしミールは絶景に清楚な美貌をほころばせていたが、やがて表情を引き締めると、注意深く国境付近に位置する湖と森に意識を集中させてゆく。

いつしかその表情は、彼女の華奢な肢体を包む白い可憐なドレスの上にあてがわれた胸当てやショルダープレートに相応しい、騎士の顔になっていた。ミールはシャインベルク王国の第三王女でありながら、シャインベルクの誇る女性騎士たちを中心とした姫騎士団、通称姫百合騎士団の一員でもあったのだ。ちなみに彼女の姉である二人の王女もまた、姫騎士団の団長と副団長をそれぞれ務めている精鋭騎士である。

ミールは小声で何事かを詠唱しながら、意識を国境付近へと巡らせてゆく。その軽装備が示すように、ミールは騎士たちのなかでも特殊な力を持った騎士、魔法騎士であった。

この世界では科学技術が停滞した代わりに、呪文と触媒そして人の精神力を対価に無から有を生み出す超常の力、いわゆる魔術と呼ばれる能力が存在していた。だが誰しもが魔術を扱えるわけではなく、その素養を持った人間にしか使いこなすことはできない。ミールは姉二人ほどの剣技も膂力《りょりょく》も持たなかったが、姉たちにはない魔力という才を磨くことで騎士団への所属を許されたのだ。

ミールは遠見の術を唱え、国境付近に異状がないかを確認してゆく。シャインベルク王国の東半分は、迷いの森と呼ばれる鬱蒼とした森林に囲まれている。森は木の実など自然の恵みを王国に与えつつも、外から不用意に奥へと侵入した者をその名の通り惑わせて侵攻の妨げとする。

そして残りの西半分は、サンレマン湖という巨大な三日月形の湖に包みこむように囲まれていた。湖面は沿岸部こそ波は穏やかなものの、奥へ進むと霧が発生して視界が悪くなる上に波が高く荒れ、船で対岸へ渡ることはほぼ不可能である。

これほどまでに自然がシャインベルク王国に味方しているのも、決して偶然の産物ではない。王国は魔術を利用した結界を国境線を結ぶように巡らせることによって、森と湖に侵入者を拒む働きをさせ、国防に利用していたのであった。

遠見の術により国境への侵入者も結界の異状もないことを確認したミールは、ホッと小さく息を吐く。今日も愛する祖国は穏やかな時の流れを刻んでいる。そんないつも当たり前にある、しかしかけがえのない幸せに浸りながら、ミールは踵を返すと丘を後にする。

だがその時ふと、西の方角から黒い気配がゾワリと広がり、ミールの胸がざわめいた。反射的に振り返り、ミールは湖畔の方角を見つめ意識を集中させる。しかしその時には、不穏な気配はすでに何事もなかったかのように消失しており、澄んだ湖面の水は普段通りにゆったりとたゆたっていた。

「……気のせい、かな」

ミールは小さく呟くと丘を下り、同じく警邏中の仲間たちの下へと戻っていったのだった。

「ああ……そ、そんな……」

数日前の迂闊な判断を悔いながら、目の前に広がる絶望的な光景にミールは力なく膝をつき、へたりこんでいた。その清楚で奥ゆかしさを感じさせる美貌は、圧倒的な恐怖により蒼白となってしまっている。金属製の胸当てと魔力を帯びた白い布地で編まれた可憐なマジックドレスに包まれたスレンダーな肢体は、カタカタという小刻みな震えを止められずにいた。

どうして、このようなことになってしまったのだろう。答えの出ない問いをしながら、ミールはこの数分の間に起こった惨劇を振り返る。

サンレマン湖のほとりに古くからある洞窟に、若い娘をかどわかす魔物が現れるようになったとの報告を受けたのが数日前のこと。姫百合騎士団は、十名の若く美しき、そして確かな剣技を有した精鋭をもって、その討伐に当たることとなった。

洞窟へと到着した女騎士たちは、静寂に包まれた湿った空気の漂う洞窟の奥へと、十分に警戒しつつ慎重に足を進めた。

だが五分ほど進んだその時、突然洞窟の奥の暗闇からシュルシュルと何かが這い出すと、先頭をゆく騎士団の切りこみ隊長である王国の第一王女、ライカへと襲いかかった。

「なっ!?　くっ、このっ。うっ、んあぁぁぁっ！」

女性でありながら長身で鍛え抜かれた褐色の肉体を有したライカは、特にその女性離れした筋力により自分の背ほどもある大剣を悠々と振り回す、王国でも一、二を争う剣の使い手であった。

そんな彼女が突然の襲撃に剣を構える暇もなく、洞窟の奥から伸びるぬらついた粘液にたっぷりと塗《まみ》れた緑色の肉触手に、その肢体をヌチャヌチャと絡みつかれてゆく。

ライカの装備は急所をのみ重点的に守る、動きやすさを極限まで重視した、褐色の肌のほとんどを露出したビキニのようなアーマーであった。そのたっぷりとたわわな乳房は黒の胸当てで、豊かに張り出した臀部と股間は魔力のこめられた布地で覆われている。そして大剣を握るその手とムッチリとした美脚はそれぞれ、ビキニアーマーと同色の漆黒の小手と膝上ブーツに包まれていた。

一見頼りなさげな装備ではあるが、実際には魔力をこめられた材質により金属や布地に覆われていない露出部分もまた女神の加護を授かることで、しっかりと保護されている。低俗な魔物がその褐色の美肌に容易に触れることなど、決してできないようになっている、はずであった。

だが淫猥な脈動を繰り返すその触手は、まるで女神の加護をあざ笑うかのようにライカの肢体にいともたやすくヌチャヌチャと絡みつき、グルグルと巻きついてゆく。

「く、くそっ。みんな、気をつけろっ。コイツ、鎧の守護の力が効かな、んぷぷぅっ！」

太くぬめった肉触手に絡みつかれながらも必死に抗い背後の騎士たちに注意を促していたライカであったが、抵抗むなしく口内にグブリと長大な肉触手の一本を捻じこまれてしまう。

その衝撃により生まれた一瞬の隙に、ライカの肉体は両手足に絡みついた触手によって大の字に広げられたままグイッと中空へ吊り上げられる。そして股間へとグネグネと忍び寄った極太の触手は股布の上を淫液を垂らしながらヌチャヌチャと這い回ると、股布に帯びた魔力をものともせず、ズブリと突き破ってそのままライカの膣穴へズグッと押し入った。

「んぶもおぉぉぉーーーーっ!?　もひっ、おひぃぃぃーーーーっ！」

その瞬間、ライカの肢体がガクガクッと大きく痙攣する。深々と膣穴に突き刺さった肉触手の脇からは、プシャプシャッと透明な蜜が飛び散った。

突然目の前で起きた信じがたい事態に、騎士団の全員が驚愕の表情で凍りつく。だがすぐに、姫百合騎士団の団長であり王国の第二王女でもある、緩やかなウェーブのかかった美しい金髪を有した美女騎士・レイアが鋭く檄を発した。

「ライカお姉様ぁっ!?　くっ！　各員散開、応戦しなさいっ！」

レイアの檄に、女騎士たちは次々に剣を抜き身構える。レイアもまた愛用の片手剣を構えると、姉を無残に凌辱する触手を鋭く睨みつけ、しかし焦る心を落ち着けて隙を窺う。

レイアは透き通るような白い肌に女神の如く均整の取れた魅惑の肢体を、奔放なライカとは違いその高潔な精神をそのまま表すような、鈍く煌く白銀の鎧にカッチリと包んでいた。下半身は眩しい白い太股を前垂れと白いスカートで覆い、腕にはやはり白銀のガントレット、そして美脚には鋼鉄製のブーツで防備を固めている。

だがレイアはそんな鎧の重さを感じさせることなく風のように身体を揺らめかせ、触手の群れを切り払いながら捕らわれたライカへ向かい突き進む。

しかし触手の群れもレイアの行く手を阻むように洞窟の奥から際限なく次々と這い出し、肉の壁を作ってレイアの突撃を遮ってゆく。

一方、騎士たちも背中合わせになり死角を消しながら、次々と襲いくる触手の群れに猛然と剣を振るう。

ミールもまた愛用の短刀を取り出すと呪文を詠唱し炎の魔力をこめ、襲いかかる触手の群れを次々に切り裂いていった。ライカほどの恵まれた筋力も、レイアほどの卓越した剣技もないミールであったが、自らを活かす術として魔術を学び、それを剣に宿すことによって立派に一人の騎士としての力を手に入れていた。

だが、迷いの森を抜け出て住民たちをおびやかす屈強な魔獣共をこれまで幾度となく撃退してきた精鋭である姫百合騎士団も、その切りこみ隊長であるライカをあっという間に捉え蹂躙した肉触手の群れの前に一人、また一人と敗れ、捕らわれてゆく。

そしてその場で容赦なく始められる、凌辱の肉の宴。信頼する仲間たちが捕らわれ、奏でさせられる淫らな肉の喘ぎに、残された女騎士たちは少なからず動揺してしまう。そこをつけこまれてまた一人、触手にニュルニュルと呑みこまれてゆく。

気がつけばミールの他に剣を構えている者は、姉であるレイアただ一人となっていた。ミールよりも屈強で剣に長けていたはずの女騎士たちは皆、触手の群れに呑みこまれ、純潔を破られ秘所に肉触手を捻じこまれてくぐもった、しかしどこか甘い響きの残る悲鳴を響かせている。薄暗い洞窟のなかに反響する幾人もの女騎士たちの嬌声に、ミールは気が狂いそうであった。

「あうっ！」

必死に応戦していたミールだが、やがて魔力が尽きかけたところを触手に狙われて右手をビシッと打たれ、手にしていた短刀を手放してしまう。その瞬間、痛みと恐怖にミールは心が折れてしまい、へたりとその場にしゃがみこむ。

眼前では触手の群れが勝ちを確信したかの如くゆらゆらと蠢きながら、ミールの瑞々しい肢体を前にして涎を垂らすかのようにダラダラと粘液を滴らせている。

「ああ……そ、そんな……。どうして、こんなことに……」

どんな魔物であろうと、我ら騎士団の前には敵ではないと思っていた。女神の加護を受ける我らの鎧が魔物の攻撃などで破られるはずがない、そう言って笑うレイアの自信に満ちた凛とした言葉を、ミールは羨望の眼差しと共にその通りだと信じきって聞いていた。だが現実は、あまりにも残酷であった。

すっかり怯えきったミールの美貌を楽しむかのように粘液を滴らせて中空でうねっていた触手の群れであったが、やがてもう我慢できないとばかりに、ミールめがけてビュバッと飛びかかってくる。ミールはその瞬間、諦めでキュッと両の目を閉じる。だが、肢体にまとわりつくような肉の不快感はその身に訪れなかった。おそるおそる目を開けると、そこには……。

「レ、レイア姉さまっ？」

いつの間にかミールと触手の間に身体を強引に割りこませたレイアが、鎧の上から絡みつかれるだけでなく隙間からも触手に侵入されて肢体を絡めとられながら、それでも必死になってミールを守っていた。

「ミ、ミール……んひっ。ここは、私に任せて……早く、お逃げなさ、ンアァァッ」

鎧の下の魅惑の肢体をヌチュヌチュと肉触手に嬲られながら、それでもレイアは慈愛に満ちた女神のような笑顔でミールをまっすぐに見つめていた。

「そ、そんなっ。姉さま、どうして……。私などおいて、姉さまが逃げてくだされば……」

「妹を守るのは、アンッ、姉の役目です……。それに、んくっ、騎士団の長として判断しても……聡明な貴女なら、逃げきってさえくれればこの魔物への対抗策を、きっと……だから、早く逃げ……ンアァッ、アヒイィッ」

鎧の内側から肉体を凌辱され、それでも必死に生じる暗い快楽を押し殺して語りかけてくるレイア。ミールはいつしか両目から涙をこぼしながら、コクコクと頷く。

「頼んだわよ、ミール……わたくしのかわいい、いもうと、んほおぉぉぉ〜〜〜っ!?」

ミールに言葉をかけていたレイアが次の瞬間、白い喉を大きく仰け反らせてガクガクと悶絶する。レイアのスカートのなかに潜りこんだ極太の肉の触手が、レイアの狭い膣穴を強引にこじ開け、奥まで刺し貫いたのだ。

ミールは初めて、女の絶頂の瞬間を目の当たりにしてしまう。女神のような美貌は淫猥に歪められて瞳はクルンと裏返り、だらしなく大きく開かれた口からは赤い舌がテロンとまろび出てヒクヒクと痙攣している。美しく高潔な姉とは思えぬあまりにも凄艶な絶頂顔に、ミールはその華奢な肢体をブルルッと震わせる。

「ひ、ひぃっ……に、逃げなきゃ……逃げ……っ」

ここから一刻も早く逃げなければ。その目的だけに脳を支配され、ミールは触手に呑みこまれて嬌声を上げ悶絶する姉に背を向け、四つん這いのまま洞窟の出口へと進む。

だがすっかり恐怖に腰が抜け、身体が上手く進まない。よたよたと四つん這いで進むミールの足首に、洞窟の奥からさらに伸びてきた触手が一本、また一本と絡みつく。

「い、いやぁ……は、離してぇ……」

力なく呻きながらそれでも出口へと逃れようとするミールを、触手が足首に絡みつきズルズルと引っ張って奥へと引き戻してゆく。そして他の騎士たちと同じように、太股に、腕に、そして全身にヌトヌトと粘液に塗れた触手がまとわりついてくる。

「あぁ……助けて、クロト……」

その時ふと、脳裏に幼なじみの少年の顔が浮かぶ。王国の宮廷魔導師である少年は、今回の討伐任務に随分と不安そうな顔をし、ミールの身をとても案じてくれていた。それがミールには、とても嬉しかった。

だがその声は、少年に届くことはなかった。ミールの肢体は次第に、触手の群れにグチュグチュと呑みこまれてゆく。ミールの肢体を包むマジックドレスもまた、柔肌と同様に触手から分泌された淫液にグッショリと塗れ汚されて、ペットリと肢体に貼りついてしまう。ついには布地越しにうっすらと透けてしまった秘唇に、極太の肉の触手が照準を合わせるようにピトリと押し当てられた。

「うあぁ……イヤ……イヤァァァァァーーーッ！」

「…………ハッ⁉」

ミールはガバッと身を跳ね起こした。全身にはいやな汗をビッショリと掻いている。

「えっ……あ……。ゆ、夢……？」

呆然としたまま、周囲をグルッと見回す。そこは、王城にある私室のベッドの上であった。窓からは月明かりがうっすらと射しこみ、夜の寝室を仄かに照らしている。

ミールはもぞもぞとベッドから這い出ると、窓際に向かい少しだけ窓を開けつつ城の外を見下ろし、そして小さくため息を吐いた。城内は夜の静寂に包まれており、騒ぎが起きたような様子もない。

わずかに開いた窓の隙間から涼やかな夜風が流れこみ、寝汗に塗れた肢体を心地よく冷ましてくれるが、それでもミールの心が晴れることはなかった。

「まさか……あんなことが本当に……。騎士団が敗れ、蹂躙されるというの……？」

消え入りそうなか細い声で呟くミール。あんなものはただの悪夢だと、笑って見過ごせない理由がミールにはあった。魔術の才に長《た》けたミールには昔から、未来の危機を夢に見る、未来見の能力が備わっていたのだ。

といってもその見通した未来は絶対ではなく、むしろその悪夢に事前に備えること

で危機を回避できたことも過去に幾度かあった。ならば今回も、あの悪夢のような最悪の事態を避けることができるのだろうか。

「私に……何ができるんだろう……」

ミールはネグリジェの胸元をキュッと握り締め、ポツリと呟く。あれがただの悪夢ならそれでいい。だが本当に同じ事態に陥った時、自分にいったい何ができるのだろうか。

ミールは窓から遠く見える、サンレマン湖をぼうっと眺める。ミールの心のざわめきをよそに、鮮やかに月を映した湖面はゆったりとたゆたっていた。

第一章　姫姉妹へもたらされた凶兆

普段は静謐な空気で満たされているシャインベルク城内も、今日は熱気に包まれている。王城の中庭にある闘技場にて、年に一度の行事である、王国の誇る精鋭・姫百合騎士団による剣技大会が行われているからだ。

「やっぱり今年も決勝戦はレイア様とライカ様の対戦か。すごいなぁ」

王国に仕える宮廷魔術師である小柄で華奢な少年・クロトは、黄色い歓声の飛ぶ客席に笑顔で手を振る二人の対象的な美女をうっとりと見やりつつ、感嘆のため息を吐いた。

クルトはまず、白銀のフルプレートにカッチリと身を包み、ウェーブのかかった長く美しい金髪をなびかせながら端整な美貌にうっすらと笑みを浮かべて客席に応えている美女を見やる。彼女こそ、このシャインベルク王国の精鋭である姫百合騎士団の団長にして王国の第二王女、レイア・シャインベルクその人であった。

キリリと引き締まった美貌と切れ長の瞳は、見るものを惹きつけてやまない。だがその高潔な心を体現したかのようなフルプレートの内には、女性らしいしなやかな魅惑のプロポーションが隠されていることをクロトは知っている。それは彼女の騎士としての仮面の下に秘められた、慈愛に満ちた心そのもののようであった。実はクロトは昔から、レイアに憧れの感情を抱いていた。

次にクロトは、鍛え抜かれて引き締まりながらも乳房と尻たぶをたっぷりの柔肉で押し上げている褐色の肢体を、胸と腰周りをわずかに覆うのみの大胆なアーマーにムッチリと押しこんだ長身の美女を見やる。レイアとはまるで正反対のその豪快な美女こそ、姫百合騎士団の副団長にして隊の切りこみ隊長を務める王国の第一王女、ライカ・シャインベルクであった。

なぜライカが団長の座を妹のレイアに譲ったのかといえば、見た目通り豪放なライカは窮屈な団長職をよしとせず、真面目なレイアに押しつけたというのが真相だ。もっともレイアがそれを承諾する代わりとして、ライカは副団長のポジションに就かされてしまったのだが。

ライカは見た目通り性格も豪胆で屈託がない。城内でもクロトを見かけると、己の首から下ほどしか身長のない小柄なクロトの首に腕を回して抱き寄せ、親しげに接してくる。そんなライカに戸惑いつつも、その豊満な肉体に触れてドギマギしてしまうクロトであった。

さて、王国の剣技大会の決勝進出者が美姫二人であるという事実に違和感を覚える者もいるかもしれない。だが、それにはこの王国の特殊な事情があった。シャインベルク王国は数百年前から人口全体における女性の比率が九割を超える、圧倒的に女性の人数が多い特殊な環境だったのだ。

それに加えて王国の女性は長身の美女が多く肉体的にも健康的で、反面男性は全体的に小柄であり、また幼少時は女性と遜色のないかわいらしい外見を持つ者が多かった。

そういった環境から女性が労働を受け持つ一方で男性は学術などの研究職につくことが多く、ゆえに騎士団の団員も皆、若く美しい女性騎士たちで構成されていた。そして王族にはそうした国民たちの象徴であるべく、自ら騎士団を従え戦場に立つ、姫騎士としての勇姿が求められていたのだ。

クロトはこの国の男子らしく、幼少から体を動かすよりも本を読むことが好きな内気な少年であった。十六歳の誕生日を迎えた先月から王国の宮廷魔術師として仕え、念願であった魔導の研究に従事している。そんなクロトにとって、レイアとライカの、その美しさと逞しさを合わせ持った姿は、憧れでありつつも遠く眩しい存在であった。

「クロト」

今まさにレイアとライカが剣を構え決勝が始まろうとしたその時、ふと隣からか細い声がかけられた。

「あ、ミール。お疲れ様。準決勝は惜しかったね」

隣を振り向くと、そこには黒髪をまっすぐに腰まで伸ばしたおとなしそうな美少女が立っていた。彼女の名はミールといい、シャインベルク王国の第三王女であり、そしてクロトとは同い年の幼なじみでもあった。

三年前に亡くなったクロトの父は、生前は王国の魔導研究所の所長であったため、クロトも幼い頃から研究所へと出入りしていた。ミールもまた魔術の素養の高さと魔術への興味の強さゆえに同じく研究所へよく顔を出していたため、二人は幼少から身分を越えた親しい間柄であった。それゆえクロトは年上の二人の王女とは違い、ミールを様付けで呼ぶことはなく、ミールも友人としてそれをよしとしていた。

「……全然、惜しくない。レイア姉さまに、一太刀も浴びせられなかった」

そうポソリと呟くと、ミールはガックリと肩を落とす。ミールは体格も体力的にも騎士団の女騎士たちよりかなり劣っていたため、それを補うべく魔術を身体能力や武器の強化に応用して戦う魔法騎士であった。だがその魔術もレイアの正確な卓越した剣技の前ではまるで歯が立たず、あっという間に喉元へ剣先を突きつけられて準決勝で敗北を喫してしまったのだった。

「そんなことないよ。昨年は一回戦負けだったのに、今日は準決勝まで勝ち進んだんだもの。ミールの剣技も魔術も着実に成長してるってことだよ。自信を持って」

クロトはそうミールを励ましつつも、いつものように彼女に正面から向き合うことはできなかった。

ミールは魔法騎士として最も力を発揮するべく、魔力のこめられた糸で編まれた、スレンダーな肢体にフィットした白のマジックドレスを身につけていた。

昨年までならクロトと背格好もあまり変わらなかったミールを特に意識することもなかっただろう。だがこの一年で姉二人ほどとはいかなくともミールの肉体はグッと女性らしい丸みを帯びて成長していた。

それゆえそのなめらかなボディーライン、特に手のひらにすっぽり収まりそうな乳房の膨らみやプリッと果実のように丸い美尻の形がクッキリと布越しに浮かび上がった着衣に、ミールがもう一人前の女性であるのだという事実を急激に意識してしまい、気恥ずかしさにまっすぐ見つめることができなかったのだ。

「……ありがとう」

しかしミールはそんなクロトの様子に気づくことなく、俯き加減だった落ちこんだ表情をクロトの優しい慰めでわずかに笑みで緩ませたのだった。

そんな言葉を交わしているうちに、気づけば決勝戦の火蓋は切って落とされていた。

開始の合図と同時にライカは大剣を手に勢いよく間合いを詰めると、暴風のように大剣を軽々と振り回してレイアを追い詰めてゆく。

「そらそら、どうしたレイア。防いでばかりじゃ今年もアタシには勝てないぜっ」

過去二年も決勝は同じカードであったが、いずれもライカがその類稀なる膂力でレイアの剣技をねじ伏せ完封していた。しかしレイアは遥かに小さく細い片手剣で落ち着いて大剣を捌きながら、ライカの隙を窺っている。

「お姉様こそ、今までの私と同じと思わないでください」

「へえ。だったら成長したところ、しっかり見せてもらおうか。そらそらぁっ！」

ライカの大剣の回転速度がますます上がり、ガインガインと金属を打ち合わせる鈍い音が中庭じゅうに響き渡る。並みの騎士なら一撃受け止めただけで腕が痺れてしまい剣を持てなくなるところだろうが、レイアはポイントを見極めることによって最小限の力で強烈な斬撃をいなし続けてゆく。

やがて焦れたライカが、ひときわ大きく大剣を振り上げ、勢いよく振り下ろす。

「うるおあぁぁーっ！」

剣ごとへし折られてしまいそうなほどの強烈な一撃であったが、レイアは極限まで神経を研ぎ澄ませるとその斬撃を剣の根元で受け止め、そのまま身を翻しながら大剣の刃の上を剣を滑らせると一気にライカの喉元へ剣先を翻らせた。

「ハァァァァッ！」

そして訪れる、一瞬の静寂。ピタリと喉元に剣先を突きつけられたライカは小さく息を呑むと、観念したかのように薄く笑みを浮かべて瞳を閉じた。

「……参った。降参だよ、レイア」

その瞬間、観覧席の至るところから上がった大歓声が闘技場内をビリビリと震わせ、王城を興奮で揺るがす。クロトもまた手すりをギュッと握り、感動と興奮に大きく見開いた目を輝かせていた。

闘技場の中心では、剣を鞘に収めたレイアがライカに右手を差し出していた。ライカはその差し出された右手を素直に握り返すと高々と掲げ、観覧席に自身を破った優勝者の姿をしっかりとお披露目する。

「やられたよ、レイア。その細い腕でアタシの剣をああも完璧に受け止められるとは思っていなかったよ」

「いえ。紙一重でした。もう少し受けるポイントがずれていたら、剣ごと両腕を弾き飛ばされていたでしょう」

「とか言って、最初からその一点を狙っていたんだろう？」

「それは……はい」

隠すことなく頷くレイアにライカは苦笑し、そして妹の成長にどこか満足げに笑みを浮かべるのだった。

「はあ〜。すごかったなぁ、レイア様。あのライカ様に勝っちゃうだなんて」

剣技大会が終わっても、クロトはいまだ感動の余韻に浸ったまま観覧席にぼうっと座っていた。ミールもまた何も言わず、クロトの隣にちょこんと座っている。

と、戦いを終えたレイアがお付きの女騎士たちを従えてクロトの、いや正確にはその隣に座るミールの下へとやってきた。

「ここにいたのですか、ミール。晩餐会の仕度があるのですから、そろそろ戻りなさい」

「はい、姉さま……」

シャインベルク王国では毎年、剣技大会の後は城内の広間で優勝者を称え騎士団の権勢を示す晩餐会が開かれるのが恒例となっていた。姉に促されてコクンと頷くミールの横で、クロトが緊張した面持ちでバッと立ち上がり直立姿勢を取る。

「レ、レイア様っ。優勝、おめでとうございます。すごい試合でしたっ。ぼ、僕、感動しちゃって……」

クロトは声を上擦らせながらも、必死で胸に湧き上がった感動を伝えようとする。

レイアはミールからクロトに視線を移すとその切れ長の瞳をスウッと細め、あまりの美しさに眩しすぎて直視するのも憚られる女神のような微笑を浮かべた。

「ありがとう、クロト」

「いえ、そんな……へへ」

憧れのレイアに礼を述べられ、クロトは照れ笑いを浮かべて頭を掻く。その隣ではミールが無表情のまま俯いている。

「クロトはどうして剣技大会に参加しなかったのですか？　貴方の剣技がどこまで成長したか、見せてほしかったというのに」

「それは……僕は騎士じゃありませんから」

レイアの言葉に、クロトは今度は苦笑を浮かべてバツが悪そうに頭を掻いた。

レイアは常々クロトに、魔術だけでなく剣技の修練も積むようにと言い聞かせていた。だが幼い頃にはすでに己に剣術の才能がないことを自覚していたクロトは、剣技よりも魔術の修練に重点を置いていた。まずは健全な肉体と精神ありきと考えているレイアには、そんなクロトの姿勢が歯痒く感じられていた。

「そうですか。この度の大会は貴方がすでに一人前だということを証明するよい機会になると思ったのですが」

レイアはどこか残念そうに呟く。レイアの耳にも、クロトへのあまり芳しくない噂は届いていた。剣もまともに握れない知識ばかりの貧弱な少年では、いくら立派な騎士の夫となっても到底強い子を身籠らせることなどできないだろう。そんな風評を、今回の大会でぜひとも吹き飛ばして欲しかったところだったのだが、本人にはまったくそんなつもりはないようだった。

続けてレイアが口を開こうとしたところで、クロトは突然背後からムギュッと抱き締められた。

「あぁん、クロト～。アタシ、負けちゃったよ。慰めておくれ～」

「うぷっ。ラ、ライカ様?」

鎧の上からとはいえその豊満な乳房にムニュッと顔を埋められ、クロトは極上の柔らかさを両頬に感じつつも息苦しさにパタパタともがく。その長身で、小柄なクロトに覆いかぶさるように抱きすくめ、グリグリと豊かな乳房を押しつけているのは、第一王女のライカであった。

「ライカお姉様、はしたないですよ」

ライカの奔放すぎる振る舞いに眉をひそめるレイアだが、ライカはそんな言葉などどこ吹く風とばかりにクロトを抱き寄せる。

「フンだ。アタシはレイアに負けて傷ついてるんだから、このくらいの役得があって当然なの。な～、クロト」

「んぷぷ、ぷぁっ。ラ、ライカ様もすごかったですよ。あんな大きな剣を軽々と振り回せちゃうのなんてライカ様だけだし、それを受け止められるのもレイア様だけですよ、きっと」

「あ〜ん、やっぱりかわいいなぁクロトは。ご褒美にたっぷりアタシの胸の柔らかさを味わわせてあげるからな。ほれほれ〜」

かわいらしいことを言うクロトにキュウンと胸が疼いたライカは、ズリズリとクロトに肢体を擦りつけてそのたわわな豊乳を押しつけていった。背後に控えるライカ付きの騎士たちは、そんな彼女の奔放さに慣れているのか、仲のよい姉弟がじゃれ合うのを見守るかのように微笑みを浮かべて見つめているだけ。

「もう、ライカお姉様は。そうして甘やかしてばかりいるからクロトがいつまで経っても逞しくなれないのですよ」

「逞しくなんてならなくてもいいよ。かわいいクロトはアタシが守ってやるからさ。な、クロト」

「えっと、その……ハハハ」

美姫二人のやりとりに挟まれ、クロトは苦笑する。

二人がなぜにクロトを気にかけているかといえば、実は現在のところ、王国内においてクロトが彼女たちの夫になる可能性が最も高い男性だからである。

女性比率が極端に高いシャインベルク王国では、一夫多妻制が認められている。とはいえ婚姻関係を結んだとしても、夫に家長としての役割が求められるわけではない。むしろ妻たちはそれぞれ己の社会における役割はそのままに、しっかり子種を注いでもらうべく家に入った夫を皆で養ってゆく、という形であった。

それは王家も同様で、ライカ、レイア、ミールもまたそれぞれ髪と肌の色が違っているのが示すように、腹違いの姉妹であった。今はレイアの母が女王の座につき、ライカの母とミールの母はその補佐の座についている。だが彼女たちはほぼ隠居の立場であり、実質的な国の運営はレイアを中心に行われていた。

そしてここしばらく、王族または近しい貴族の家系に、クロト以外の男子は生まれていなかった。つまりこのままゆけば、クロトがレイアかライカのどちらか、はたまた両方の夫となる可能性が高いのだ。

ゆえにレイアは将来のクロトに自分に釣り合うだけの逞しさを求め、そしてライカは自分にはない愛らしさを持つ今のクロトを溺愛してしまうのだった。

クロトはライカの乳房の谷間に挟まったまま、指導方針について言い合いを続ける美姫二人を前に肩をすくめ、そして助けを求めるように幼なじみであるミールに目線を向ける。

だがミールはピッチリとしたマジックドレスに包まれた己の身体をペタペタと撫で

回し、そしてガックリと肩を落としていた。ミールとて年齢を考えれば十分に魅力的な肉体であったが、目の前の姉二人があまりにも完璧すぎるプロポーションを有しているがために、そんな自分の体形がコンプレックスになっていたのだ。

そう。ミールの夫候補もまたクロトであった。だがあまりにも完璧すぎる姉二人を前にすると、その視線を自分に向けさせることなど到底できそうにもない、とミールは感じていた。

気落ちした様子のミールは羨ましそうな視線で、二人の姉の鎧の上からもはっきりとわかる盛り上がった胸元をただただため息混じりに見つめている。ミールからの援護が得られないとわかったクロトは、いつしか大きく膨らんでしまった股間を腰を引いてコッソリと隠しつつ、自身の育成方針を巡り紛糾する憧れの美姫二人の口論に苦笑を浮かべるばかりであった。

夜になり、宮廷では晩餐会が開かれた。その話題の中心はもちろん、剣技大会で優勝したレイアであった。その澄みきった心を投影したかのような純白のドレスを身にまとうことで、その美貌を本物の女神かと見紛うほどにさらに美しく際立たせた彼女の周りには、彼女に憧れる貴族の娘や女性騎士が大勢集い話題の花を咲かせている。

レイアからこぼれる慈愛に満ちた微笑は、剣を握っていた際の凜々しく引き締められた美貌とはまったくの別物であった。

そして宮廷内にはもう一つ、大きな人の輪ができていた。その中心には、褐色のグラマラスな悩ましい肢体を真紅のドレスから大胆に露出させた、ライカの姿があった。

ライカの美貌と肉体は女性であっても見惚れてしまうものらしく、周囲を取り巻く多くの娘たちが羨望の眼差しで見つめている。奔放なライカはそんな少女たちに気さくに話しかけてはその身を抱き寄せ、ボディタッチを繰り返すが、少女たちはいやがるどころかうっとりと頬を染めるばかり。その光景を遠目に見ていると、ライカがいわゆる同性愛者である、という噂も確かに信憑性があるように思えてくる。

そんなことを考えながら、燕尾服に身を包んだクロトは憧れの美女二人の華やかなドレス姿を遠目で眺めていた。人口比どおりに晩餐会の参加者もやはり圧倒的に女性が多く、そして皆豪奢なドレスで着飾っている。そのため、大きめの燕尾服に着られているかのような小柄な己の姿はあまりにも場違いに思えてしまい、クロトは場を満たす華やかな雰囲気に萎縮してしまう。

クロトはため息を吐きながら、アルコールが飲めないためテーブルから果実のジュースが注がれたグラスを手に取り、チビチビ舐めていた。と、ふと視界の端に、宮廷の壁によりかかって一人ぼんやりと佇んでいるミールの姿を見つけた。

ミールはその艶やかな黒髪と同じ、漆黒のドレスに身を包んでいる。透き通るような白い肌と黒いドレスのコントラストは姉二人に劣らぬ美しさにクロトには思えたが、しかし醸し出される沈黙のオーラに、彼女に近寄り談笑する者は誰もいなかった。

だがクロトはテーブルから彼女の分のグラスも手に取ると、臆することなく壁際のミールに近づき、スッとグラスを手渡した。

「はい、ミール。えっと……そのドレス、すごく似合ってるよ」

「……ありがとう」

照れ臭そうに笑いつつグラスを差し出すクロトに、ミールはグラスの礼かドレスを褒められた礼かははっきりとしないが小さくそう呟き、黒い長手袋を塡めたしなやかな指でグラスを受け取った。

「姉さまたち……とってもキレイ」

「うん。レイア様の清楚で上品なドレスも、ライカ様のセクシーで大胆なドレスも、それぞれすごくよく似合ってて、キレイだよね」

うっとりと目を細めて姉二人を見つめるクロトに、ミールは自分で水を向けた話でありながらも、どこか落胆した表情で俯いてしまう。

二人とも華やかな晩餐会の輪から外れて壁の花となりながら、その煌びやかな光景をしばしぼんやりと見つめていた。

「ねえ、ミール。ここ数日なんだかずっと暗い顔をしているけど、何かあったの？」

不意にクロトからそう尋ねられ、ミールはハッとして顔を上げる。

「そんなこと……ない」

「そう？　ならいいんだけど……。何か心配事があるなら、僕でよければ話を聞くよ。まあでも、あんな立派なお姉さんが二人もいるんだから、僕なんかにわざわざ相談することもないだろうけど」

自嘲気味に苦笑するクロトに、ミールは小さく首を横に振る。

「ううん……。ありがとう」

再びミールは小さく礼を述べる。聡明な姉二人ですら気づかなかった、ミールの抱えたわずかな不安にクロトが気づいてくれた。ミールは胸がスウッと軽くなってゆくのを感じた。

しばらくすると、楽隊の奏でる音楽が穏やかで静かな曲から軽やかで楽しげな曲へと切り替わった。男性が少ないため、フロアでは騎士団所属の凛々しい女性騎士たちが彼女らを慕う少女たちへとその手を差し出し、ダンスへと誘っている。

クロトはしばし頬を掻きつつどうしようか思案していたが、やがて決心するとミールの前にスッと右手を差し出す。

「え……」

予想もしていなかったクロトの行動に、ミールはキョトンとして差し出された手のひらを見つめている。

「その、さ……。せっかくの晩餐会だし、ここでただジッとしているのもなんだから……少しだけ、踊ってみない？」

気恥ずかしさで顔を真っ赤にしつつも、クロトは差し出した手を戻そうとはしなかった。

「……私で、いいの？　レイア姉さまや、ライカ姉さまじゃなくて？」

「僕なんかが、レイア様やライカ様をダンスに誘えないよ。ダンスだってヘタクソだし、みんなに見られて笑われちゃうよ」

「私なら、いいの？」

「う、うん。ミールと端っこでちょっと踊るだけなら、目立たないだろうし……ミールは僕が失敗しても、笑わないでしょう」

クロトの言葉に、ミールは小さく微笑む。

「……うん。笑わない。クロトがダンスが上手じゃないの、知ってるから」

「うう、ひどいなぁ」

ミールの言葉に苦笑いしつつも、差し出した手を彼女がそっと握り返してくれたのが、クロトは嬉しかった。そして手袋のサラリとしたなめらかな感触の心地よさに、今自分は女性の手を握っているんだと意識して、頬が赤くなってしまう。

「それじゃあ、ちょっとだけ……」

「うん……」

二人は握った手の指を絡ませ、余った手を互いの腰に回して、ゆっくりとぎこちなくステップを踏んでゆく。そんな少年と少女の微笑ましい様子を、レイアとライカはそれぞれを中心とした人垣の中心からこっそりと視線を送って見やり、穏やかな笑みを浮かべていた。

だが、そんな和やかな時間は突如終わりを告げる。城門を守っていたはずの女性兵士が、血相を変えて晩餐会の只中へと飛びこんできたのだ。

「レイア様、ライカ様、一大事でございますっ」

レイアもライカもパーティの華からスッと騎士の表情に切り替わり、人の輪の中心から、駆けこんできた兵士の前へと進み出る。

「いったい何事です。客人方の前ですよ」

厳しい顔をするレイアに平伏しながら、それでもその兵士は火急の用を訴える。

「ハッ。それが、ケイト様がサンレマン湖ほとりの洞窟から戻られたのですが、ひどく衰弱した状態でして。一刻も早くレイア様にお目通りをとのことで……」

ケイトは王国騎士団の第二部隊の部隊長であり、剣の腕で言えばレイア、ライカに次ぐ実力を持つ女性騎士であった。黒髪を襟足でキッチリと切り揃えた美しくも実直な女性で、レイアの信頼も厚い。

ゆえに、サンレマン湖のほとりにある洞窟に最近出没する若い女性をかどわかすという魔物の討伐任務を、事態を重く見たレイアが彼女ならば確実に成し遂げるはず、とケイトに命じたのだ。だが、そのケイトがよもや任務に失敗するなどとは、レイアは考えもしていなかった。

「ハァ、ハァ……レ、レイア、さま……」

廊下の向こうから、鞘に収めた剣を杖代わりにした鎧姿の女性騎士がフラフラと歩みを進め、やがて先の兵士が開け放ったままの扉をくぐるとなんとかレイアの前に進み出る。額にはびっしょりと珠の汗が浮かんでいたが、しかしその顔は青ざめているというよりもひどく真っ赤に上気しており、ハァハァと荒い息を吐いている。そして鎧をまとったその肢体は、薄く桃色がかった奇妙な粘液にグッショリと塗れていた。

「ケイトッ。いったいどうしたというのです?」

ようやくレイアの前に辿り着けたことで崩れ落ちるようにひざまずいたケイトに、レイアは慌てて駆け寄りその身体を抱きとめる。

するとケイトは歯を食いしばり、残った力を振り絞ってその顔を上げる。

「も、申し訳ございません、レイア様……。私は任務を、ハァ、ハァ……全うすることができませんでした……。私はあの、奇妙な魔物の討伐に失敗し……大切な部下たちは、くうぅっ……ヤツの触手に絡め取られ、洞窟の奥へと引きずりこまれて……くふぅんっ」

「そ、そんな……。ケイト、貴女が魔物などに後れを取るだなんて……」

苦しそうに喘ぎ身体をブルブルと震わせながらも懸命に報告を続けるケイトに、レイアは愕然とした表情で呟く。

するとケイトはレイアの腕をギュッとつかみ、その顔をまっすぐに見つめて必死に訴える。

「お気をつけください、レイア様っ……。ヤツの粘液は、人の理性を狂わせます……。私は、お役に立てませんでしたが……どうか……どうか、私の部下たちを、助け……たすけ、て……んおぉ……おほ……んほおぉぉ～～～んっ！」

その瞬間、ケイトは瞳をクルンと裏返らせ、全身をビクビクと痙攣させて牝獣のように淫らに咆哮する。意志の力で懸命に肉体の疼きを抑えつけていたケイトは、レイアへの報告を終えたことでその重責から解放され、脱力すると同時に一気にその肉体を狂おしいほどの肉欲に包まれて絶頂してしまったのだ。

「ケ、ケイトッ。ケイト、大丈夫ですか？　ケイトッ！」

女の絶頂顔など初めて目の当たりにしたレイアは動転し、涎を垂らし内股を濡らして悶絶するケイトの身体をガクガクと揺さぶる。とその時、ケイトの乳房の谷間から

緑色をした小さな軟体生物がグチョグチョと這い出し、そしてレイアの顔へとビュバッと飛びかかった。

「あぶない、レイアッ！」

「キャッ!?」

だが、レイアの顔に軟体動物が張りつく寸前、傍らにいたライカが右手を差し出して阻止する。そしてライカは赤い長手袋を塡めた右手のひらにベットリと貼りついたその奇怪な軟体生物を、怒りに任せてギュウッと握り潰した。

するとその生物は桃色がかったぬめり汁をビチャビチャとしぶかせ、やがてライカの手のなかで溶けて消えていった。

「くそっ！　ケイトをこんな目に合わせやがって……」

苦々しげに呟き、ライカは粘液に塗れた右手を無造作に振る。

「あ、ありがとうございます、ライカお姉様。……ハッ？　だ、誰かケイトの手当てをっ」

一瞬呆気に取られていたレイアだが、やがて我に返ると救護の者を呼ぶ。意識を失ったケイトは騎士たちによりホールから運び出され、レイアとライカもすっかり騎士の顔に戻って緊急の軍議を開くための打ち合わせを始める。

クロトは平和な王国の晩餐会の日に突如起きたその信じられない光景を、ミールと並んでただ呆然と見ているしかなかった。気づけばミールの手はフルフルと細かく震え、手袋の上からでもわかるほどビッショリと汗ばんでいる。クロトは少しでもミールの恐怖を取り除くことができればと、その震える手のひらをキュッとしっかり握り締めるのだった。

「待ってください、姉さまっ」

緊急の軍議により、ケイトに騎士として女として耐えられぬ恥辱を味わわせた魔物には、騎士団の精鋭をもってすぐさま討伐に当たることが騎士団のほぼ総意として決定した。

だがその決定にただ一人反対していたミールは、議場を後にするレイアに駆け寄り必死に呼び止める。

「姉さま、考え直してください。きちんと対策を練ってからでないと、あの魔物の討伐に向かうのは危険ですっ」

「控えなさいミール。これは決定です。……今もまだ、騎士たちが魔物に捕らわれているのですよ。きっと、ケイト以上の恥辱を味わわされているに違いありません。……くっ」

レイアがギリッと唇を噛む。高潔なレイアにとって、騎士としても女としてもその尊厳を踏みにじるような魔物の行為を、決して許すわけにはいかなかった。

もちろん、捕らわれた騎士たちの命が今も無事であるという保証はない。しかしだからこそ急がねば、救出の可能性はますます減るばかりとなってしまう。

だがそれでも、ミールは必死にレイアに食い下がる。

「ならばせめて、ケイトの意識が戻ってもう少し詳しい話を聞いてから……」

「医師の話では、ケイトの身体は淫毒に犯され、しばらくは意識が戻らないそうです。そんな悠長な時間はありません」

「ですがっ。あのケイトが、あんなことになってしまったんです。迂闊に飛びこんで、もしも姉さままたちまで敗れてしまったら……この国は、民はいったいどうすればよいのですか」

レイアの腕を握るミールの手は、細かく震えている。あのおとなしいミールがこれほど感情を表に出す姿を見るのは、レイアは初めてであった。

レイアはクルリと向き直ると凛々しい騎士の顔から優しい姉の顔に戻り、ミールをギュッと抱き締める。

「大丈夫よミール。心配しないで。貴方の姉は、卑劣な魔物などには負けたりしないわ」

姉の慈愛に包まれ、ミールはレイアの胸に顔を埋める。だが、胸にこびりついた恐怖は、その温かさをもってしても完全に消え去ってはくれなかった。ミールは小さく震えながら、胸の不安を姉に吐き出してゆく。

「でも、姉さま……。私、怖い……怖いんです……」

「ミール……」

そしてミールは、あの夜見た悪夢をレイアに伝える。その陰惨な内容を聞かされたレイアは愕然とする。

魔導の力に長けたミールが時折夢のなかで未来見の力を発揮することはレイアも知っていた。しかし、だからといってレイアは決定を翻すわけにはいかなかった。

「ありがとう。よく知らせてくれたわね、ミール。……司祭様にお願いして、私たちの鎧に女神様の加護をしっかりと施していただきましょう。そうすればきっと、魔物の下卑た力などに屈することはないはずです」

「姉さま……」

ミールを安心させるように、レイアはニコリと女神のように微笑む。レイアの高潔な精神は、正義が挫けるはずがないと信じきっている。しかしだからこそミールは、その正義がもしも砕かれてしまったらと思うと、不安で仕方がないのだ。

と、妹二人が真剣な表情で話しこんでいるのを見かけたライカが寄ってきて、二人の肩をまとめてガシッと抱き寄せた。

「どうした二人とも、そんな顔をして。大丈夫だって。アタシとレイアがいれば、魔物の一匹や二匹なんて軽く捻り潰してやるさ。さっきだって見ただろう。アタシが魔物を握り潰してやったのをさ。さっさと出撃して切り倒してやろうぜ」

そう言ってカラッと笑うライカに、ミールの胸もスッと軽くなる。だがそれでも、奥底にこびりついた不安はどうしても拭いきれない。ミールは顔を上げ、改めてレイアに懇願する。

「では三日だけ、私に時間をください。あの魔物について、必ず調べ上げてみせます」

まっすぐにレイアの瞳を見つめるミール。いつも控えめなミールの必死の懇願に、レイアはとうとう根負けした。

「……わかりました。ではミール、あの魔物の調査を命じます」

「はいっ」

レイアの命にミールはコクンと頷き、タタッと廊下を駆け出していった。その後ろ姿を見ながら、レイアとライカは微笑み合う。

「いつの間にか、ミールも随分としっかりしてきたな」

「そうですね。昔はおとなしくて甘えん坊だったのに……フフッ」

ライカはレイアの肩にポンと手を置くと、ニッと笑顔を浮かべる。

「早くあの子の不安を取り除いてやらないとな。頼むぜ、団長殿」

「はい。ライカお姉様も先陣をよろしくおねがいします」

レイアの言葉に、ライカはヒラヒラと手を振りながらその場を後にする。だが、角を曲がりその背中がレイアの視線から隠れると、ライカは両手で自らの身体を抱き締めその場にうずくまってしまう。

「くぅぅんっ！　……くそ、身体が熱いな。早くしてくれよ、ミール。じゃないとアタシの方が、使い物にならなくなっちまうかもしれないからさ……」

苦笑するライカだが、その頬は上気し、額には珠の汗がビッショリと浮かんでいた。

レイアに飛びかかった小さな魔物を握り潰した際、その体液が手袋越しに右手にたっぷりと染みこんだ。すぐにホールを後にしてしっかりと手を聖水で洗い清めたものの、それでもその手のひらはまるで敏感な粘膜のように、ジンジンと熱く疼いてしまっていた。そしてその疼きは徐々に肉体を蝕んでゆき、今では触れてもいない乳首や秘所にまでじんわりと甘い痺れが伝わっていた。

しかしライカは、それをレイアに打ち明けはしなかった。自分をかばったライカが淫毒に犯されたと知れば、レイアはますます責任を背負いこんでしまうだろう。それに、あのケイトが成すすべなく蹂躙されたという魔物の討伐に、妹たちだけを向かわせるわけにはいかなかった。

「ま、この程度……ちょっと自分で慰めれば、収まるさ。……くふぅんっ」

ライカは壁に手を当てよろよろと立ち上がると、フラフラした足取りで自室へと戻ってゆく。レイアほど高潔でも純真でもないライカは、これまでもその豊満な肢体の疼きを自慰によって解消したことは少なからずあった。

だがこの夜、ライカが何度己を慰めようとも、子宮の奥に灯った快楽の炎は消えることなくその肉体をじんわりと炙り続けたのだった。

第二章 末妹騎士が捧げる初体験

晩餐会にて騒ぎがあったその夜、クロトはどうにも寝つけぬまま、自室のベッドでゴロゴロと寝返りを繰り返していた。

しばらくそうしていると、ふと窓の外にうっすらと明かりが見え、それから屋敷の戸を叩く音が階下からかすかに聞こえてきた。

クロトの母は幼い頃に病で亡くなり、父もまた三年前に他界してしまった。今は一人で屋敷に暮らしているため、クロト自らが応対に出るしかない。

いったい何事かとランプを手に階下に降りて扉を開けると、そこに立っていたのは意外な人物であった。

「ミール？　どうしたの、こんな夜更けに」

「クロト。協力して欲しいことがあるの……」

ミールが屋敷を訪ねてくるなど幼少の時以来のことで、もちろんこんな夜更けにやってくることなど初めてである。少々面食らったクロトだが、しかしミールの真剣な表情を見ればよほどの事情なのだと理解し、ミールを屋敷のなかに招き入れる。

「僕にできることなら。とりあえず、なかに入って」

「うん……」

ミールは背後で待っていた御者に手で合図をしてその場で待機させ、自らはクロトの後について屋敷のなかへと入っていった。

屋敷のリビングにミールを通すと、クロトは温かなハーブティーを二人分淹れて、片方のカップをソファーに座るミールへと差し出す。

「……あったかい」

ミールはカップに口をつけて一瞬ホッとした表情を浮かべるが、すぐに再び表情を引き締め、クロトへ向き直ると口を開く。

「あの後、軍議が開かれて……。騎士団は精鋭を派遣して、ケイトを辱めた魔物の討伐と捕らわれた騎士たちの奪還に向かうことになったの。レイア姉さまとライカ姉さま、他に騎士団の精鋭が七人と、そして私を合わせて十人で、三日後に……」

「そうなんだ……。レイア様とライカ様がいるなら、きっと平気だよ」

ミールはレイアやライカと違い出陣の経験がほとんどない。それが不安なのかと、クロトはミールを安心させようとそう言葉をかけたが、しかしミールはフルフルと首を横に振る。

「姉さまたちは、確かにすごく強い。でも、今回は……勝てないかもしれない」

「えっ。……あ、まさかミール……もしかして、夢を見たの？」

不安に肩を震わせるミールに、クロトはハッとして尋ねる。そう。クロトはミールが夢において未来見の力を発露させることを知っていたのだ。

「うん……」

ミールはコクンと小さく頷くと、訥々《とつとつ》と夢の内容を語りだす。それは異性に話すにはあまりに淫らな内容であったが、それでもミールはクロトに話さねばならなかった。

「そんな夢を見たんだ……。だからミールはここ最近、ずっと浮かない顔をしていたんだね」

美しいドレスに身を包みながらもどこか沈んだ顔をしていた晩餐会でのミールを思い出し、クロトはようやく合点がいった。

「うん……。レイア姉さまは、女神様の加護があれば魔物に打ち勝てると思ってる。でも私は、どうしても不安が消えない。あの悪魔のような触手で、姉さまたちが蹂躙される光景が、頭にこびりついて消えないの……」

「ミール……」

青ざめて小刻みに身体を震わせているミールの手を、クロトは自らの手を重ねてそっと握る。するとその温もりが伝わったのか、ミールはやがてゆっくりと顔を上げ、決意をこめた表情でクロトの瞳をまっすぐに見つめた。

「だから……私は、私にできることをすると決めた。あの魔物について調べて、姉さまたちが絶対に負けないように対策を講じなくちゃいけない。でも、王宮の書庫の本はだいたい読んだけど、あんな魔物についての記述は見たことがなくて……」

そこまで聞いて、クロトはなぜミールがこの屋敷を訪ねてきたのかピンときた。ミールは幼い頃から本が好きで、王宮にある大量の蔵書にもほぼ目を通し済みだというのはクロトも知っている。それらに記述がないならば、他の書物にもしかしたら記載があるのでは、と考えたのだろう。

「そうか。わかったよ。ミールは代々、宮廷魔術師だった僕の家系に伝わっていた秘術、淫術に……その魔物に対するためのヒントがあるんじゃないかと思っているんだね」

「うん……。ごめんなさい。クロトがその話をあまりされたくないのは、わかっているけど……」

クロトの心情を思い、ミールは俯いてしまう。

クロトの血筋である宮廷魔術師の一族には、ある秘術が伝えられていた。それは魔術や薬品を利用して女性の性感を高める、淫術という禁断の呪法であった。

元々は数百年前、王家があまり子宝に恵まれなかった際に、王女の排卵を誘発するべく研究されたのが始まりだそうだ。だがその後、淫術を利用して女たちを操り王座につくと、暴君となり国を傾けた魔術師が現れた。結局その魔術師は淫術に耐え抜いた聖騎士より討たれたということだが、それ以後、淫術は信頼できる家系の魔術師により管理されることとなる。それがクロトの家系であった。

元来、肉体の強さこそ美徳とされるこの国では、魔術師の位はあまり高くない。さらに淫術に関しては今では人々の間で国を傾けた禁断の術という伝承だけが残っており、ゆえにそれを守る家系であるクロトは色眼鏡で見られることも多々あった。

ここ数年、王家に近い地位での年若い男がクロト以外おらず、必然的にクロトは王女たちの将来の婚姻相手として有力視されてはいた。だが、淫術を継ぐ家系であるという事実ゆえに、クロトを警戒する者もいた。

なかには王女たちと親しく接するクロトを見て、密かに淫術でたぶらかしているのではないか、などという悪意に満ちた陰口を叩く者もあった。もっともそれは、国民の憧れの存在である美姫姉妹に、剣技もからっきしでなよなよして見えるクロトがかわいがられているのがどうにも気に入らない、という嫉妬からくるものであったが。

「いや、気にしないで。むしろ、こういう時に役に立てなくちゃ、意味がないと思うから。もっとも、僕も淫術については詳しく知らないから、役に立てるかどうかはわからないんだけど……」

クロトは淫術に関してはむしろ他所からの噂でその存在を知ったくらいで、生前の父から直接その話を聞いたこともなかった。結局、三年前に父が事故でなくなってしまったため、クロトは淫術に関しては何も知らないも同然だった。

ただその後、父の部屋を整理していると、机の引き出しのなかに古い鍵と共に一通の手紙が残されているのを見つけた。そこには、もし王家の者が協力を求めてきたら、この鍵で屋敷の奥の扉を開くように、と書かれていた。

「それじゃ、少し待ってて。今、鍵を持ってくるから」

ミールが助けを求めてきた今こそ、あの鍵を使う時なのだろう。そう考え、クロトは立ち上がった。

亡き父の部屋から古びた鍵を取ってきたクロトは、屋敷の奥にある開かずの扉に向かう。クロト自身、生まれてから一度もこの扉が開かれるのを見たことはない。

「ええと……。この鍵に王家の者の血を一滴与えよ、だって。ミール、お願いしていい？」

「うん……」

　ミールは手にした短刀で小さく指先を傷つけると、滲んできた赤い血を古びた鍵に垂らす。すると血の付着した鍵はぼんやりと淡く光りだす。クロトが鍵穴に鍵を差しこむと、これまで何をしても開かなかった扉が、カチャリという音と共にギィッときしんだ音を立てて開いた。

「地下に下りる階段がある……。行こう」

「うん。……あっ。ちょっと待って」

　クロトはミールを呼び止めるとその手を取り、傷口からうっすらと血が滲んだ白い指先をパクッと咥え、血を舐め取る。そしてポケットからハンカチを取り出し、ミールの指先に巻きつけた。

「これで血も止まると思うよ。なんだか、子供の頃を思い出すね。へへっ」

「う、うん……」

　屈託なく笑うクロトに、ミールは頬を赤らめる。幼少の頃、物語の真似をして二人で冒険と称して森などに出かけた際に、擦り剝いてできた傷を互いに舐めて治療をしたことが思い出される。無邪気だったあの頃を思うと、気恥ずかしくなるミールであった。

　地下への階段を下りると、そこには怪しげないくつもの器具と、そして書棚に何冊もの書物が並んでいた。何十年も訪れる者がいなかったはずなのに朽ちた様子もないのは、この部屋自体が保存のためになんらかの魔力によって満たされていたからだろうか。

「知らない本が、こんなにたくさん……」

これまで見たことのない書物群を前に、ミールは思わずパッと目を輝かせる。そしてなにげなく手に取った一冊の書物はしかし、ざっと目を通した瞬間、ミールの頬を赤く高潮させる。そこにはあまりにも赤裸々に、淫術による女体の反応の変化が記されていたからだ。

「ううっ。こ、このなかから、あの魔物について書かれてある書物を探さなくちゃいけないんだよね……」

クロトもまた一冊の書物を手に取り目を通すと、そのあまりに生々しい描写に気まずくなって、顔を赤くしながら頬を掻き、ミールの横顔をそっと覗き見る。

しかしミールはコクリと唾を飲みこむと、意を決したように書物に目を走らせ、次々にページを捲ってゆく。

「うん……。姉さまは、三日後には討伐に出発するって言っていたから。それまでに、あの魔物についての記述を見つけないと……」

恥ずかしがってなどいられない。決意に満ちたミールのその表情からそう続く言葉を読み取ったクロトは、自らもまた羞恥を押し殺し、書物に視線を送る。

「そうだね。必ず、見つけなくちゃ」

美しい少女の横で淫猥な書物のページを捲る、そんな妙な興奮と緊張に晒されながら、それでもクロトはミールの信頼に応えるために、湧き上がる感情を押し殺してただひたすらに書物を捲り続けるのだった。


クロトもなんとか役に立ちたいと淫術の書かれた書物のページを捲り続けたが、そのあまりにも赤裸々な内容にどうにも集中力が続かなかった。まして隣にはミールがいるのだ。そういつまでも冷静でいられるはずがない。

それでも何冊かの書物に目を通したことでわかったことがある。淫術とはやはり元来は、圧倒的に男性の人数が少ないシャインベルク王国において、少ない性交回数で確実に女性を懐妊させるべく極度に女性を発情させ排卵を誘発させるために研究された魔術であったということだった。

だがその効果はあまりに強力であるうえに中毒性が強いため、淫術の虜となって色狂いになってしまう女性も多かったようだ。取り扱いには細心の注意が必要だと、どの書物にも念を押して記述されている。

書物には呪文の詠唱や薬品を用いる、あるいは食物や草花などを触媒にするなど、あらゆる手段で女性を発情させる術がぎっしりと記載されており、クロトなどは頭がククラしそうであった。しかし一方のミールはクロトの存在など気にすることなく、次から次に書物に目を走らせてゆく。

クロトは結局ミールのサポートに回ることにし、集中力が切れてくると気分転換を兼ねて地下室を出て、戻る際には相変わらず書物を漁り続けているミールに一階から水やパンを運んでやった。

そうして昇った日がまた落ちて次の夜となり、クロトが三度目のパンを運んできた時、ミールが書物からバッと顔を上げて目を輝かせた。

「あったっ……」

「えっ。本当?」

クロトはパンの乗ったトレイを置くと、ミールの背後から手のなかの書物を覗きこむ。そこには確かに昨夜の晩餐会で見たあの小さな軟体動物の図と、そしてその横には何本も触手の生えたおぞましい巨大で奇怪な生物の図が載っていた。

「ええと……。オルガローパー……。無数の触手からは催淫効果のある粘液が分泌される……人間の女性に絡みついて極度に発情させ、獲物から生じた体液を餌に成長する。襲われた女性に肉体的な被害は与えないものの、極度の興奮状態が続くことで被害者は精神に異常をきたす場合もある……。こ、こんな生物がいたなんて……」

まるで女性を襲うためだけに存在するようなその魔物に、クロトは思わずブルッと身震いする。ミールも少なからず憤りを覚えているようだが、それでも努めて冷静に次のページを捲る。

「あの魔物の生態はわかった……なら、対抗策は……っ⁉」

と、ミールのページを捲る指が止まる。クロトもまた視線を走らせると、そこには驚愕の事実が書き記されていた。

「えっ。王国暦、三百十七年……オルガローパーの大群の襲撃により、王都は崩壊の危機を迎えた……そ、そんなっ？」

オルガローパーの生態が書かれたその書物には、事例として今からおよそ百年前、その大群により国中の女性が蹂躙され、王都が壊滅の危機を迎えたと記されていた。当時も精強を誇っていた騎士団だが、その構成は純潔の乙女騎士たちで占められており、そんな彼女たちは魔物の与える未知の快楽に為す術もなく囚われていったという。

「そんな……じゃあ、騎士団ではあの魔物には勝てないってこと？」

「待って……まだ続きがある……」

動揺するクロトを諌め、ミールが続きを捲る。するとそこには、意外な結末が書かれていた。

「窮状にあった王国を救ったのは、一人の魔術師であった……。淫術を極めた彼は、元騎士である妻の肉体に淫術を施すことで、魔物の媚毒に抗う力を与えた。そして彼は、魔物に敗れた騎士たちを介抱して理性を取り戻させると、彼女たちにも同様の淫術を施して媚毒に抗うことが可能な兵とした……。やがてその魔術師を中心に騎士団は劣勢を覆して、王都から魔物を追い払うことに成功する。魔物はサンレマン湖ほとりでの掃討戦を最後に、王国から姿を消した……」

そこまで読んで、ミールが一つため息を吐く。そこには、これから討伐に向かう魔物が予想以上に強大であるという事実を知った恐怖と、しかしそれに対抗しうる手段が見つかった安堵が含まれていた。

「そうか。じゃあ、騎士団の皆に淫術を施せば、魔物に対抗できるんだね」

解決の兆しにクロトは明るい笑顔を見せる。しかしミールはその笑顔を、頬を染めて節目がちにチラッと盗み見、そして恥ずかしそうに顔をそむける。

「うん……そのはず……。でも……淫術を施すということは……その……」

「……あ」

もごもごと呟くミールに、クロトもまたその事実に気づいてハッとする。淫術による防護を施すには、対象となる女性は純潔のままではいられない。性の快楽を肉体深くまで覚え、その上で淫術の防護があるとはいえ魔物の与える圧倒的な快楽に抗えるだけの理性を保てる、そんな存在でなければならないのだ。

だが今の姫百合騎士団は、純潔を尊び清純であることを美徳としている。豪放に見えるライカでさえ、女性同士での睦み合いはあれど、男性と交わったことはないことをミールは知っていた。すなわち現在の騎士団員と、魔物に対抗可能な戦士は、まさに真逆の存在であるということだった。

「そ、それなら、結婚して引退した元騎士の女の人に頼むっていうのはどうかな？　それならもう、その、純潔ってわけじゃないし……」

クロトの思いつきに、ミールは首を横に振る。

「そんなこと、責任感の強い姉さまが許可するはずがない。騎士を引退して剣を置いた者を矢面に立たせるなんて……」

「そう、だよね……」

確かにミールの言う通り、あの高潔なレイアがそんな手段を講じるはずがないだろう。かといって、レイアが純潔を捨てて淫術の防護を得る道を選ぶとも思えない。

レイアなら自らの正義を信じ、堂々と魔物に立ち向かおうとするだろう。それで勝利できるならそれが一番だ。だがミールはそもそも、それが叶わなかった場合を危惧してここを訪ねてきたのだ。

「とりあえず、いったん城に戻るね。レイア姉さまに報告してみる」

「昨日から全然寝ていないけど、大丈夫？　少し休んでから戻った方が……」

「ううん。時間がないから。……また後で、相談に来てもいい？」

「うん。それはもちろん」

クロトの返事を聞き、ミールは安堵の表情を浮かべる。その時のクロトには気づけなかったが、ミールの目の奥にはある覚悟の輝きが宿っていたのであった。

「……話はわかりました。ご苦労さま、ミール」

王城に戻ったミールの報告を黙って聞いていたレイアは、やがてゆっくりと口を開く。

「正直なところ、そこまで危険な魔物だとは私も認識していませんでした。こちらも万全の対応で討伐に向かわねばなりませんね」

「レイア姉さま……」

顔を上げて姉である騎士団長の瞳をまっすぐ見つめるミール。だが次いで発せられた言葉は、ある意味でミールの予想通りの、希望を裏切る内容であった。

「騎士団の出発は一日延期し、森の泉に湧く聖水にてしっかりと身を清めてゆきましょう。司祭様には、我らの鎧に女神様の加護を念入りに施していただくこととします」

「姉さま、それではっ」

「大丈夫ですよ、ミール。百年前に王都が侵攻を許したというのも、魔物の奇襲に対応できなかったことが原因だったのでしょう。態勢を万全にしてこちらから討って出れば、必ずや正義の下に、女神様は我らに味方してくれるはずです」

レイアの瞳には一点の曇りもなかった。その自信に満ち溢れた表情を見れば、確かにミールも姉の言葉を信じたくなってしまう。だが、姉はあまりにもまっすぐすぎる。その姉の正義が通用しなかった場合、そんな万が一に備えることこそ自分の役割だと、ミールはそう考えていた。

「……わかりました。では私は、もう少しあの魔物について詳しく調べてみることにします。明日の別行動の許可をいただけますか」

「ですがそれでは貴女自身の身を清める時間がありませんよ」

「私は魔術での後方支援が主な役割ですから。効率よく退治できれば私自身に危害が及ぶ可能性は低いと思いますので、ならばそちらを突き詰めた方がよいかと……」

ミールの提言にレイアは感心していた。いつも控えめだったミールがここまで色々と考え、そして自ら進言してくるとは思っていなかった。この事態はある意味でミールの才覚を大きく花開かせるきっかけとなったのかもしれない。

「いいでしょう。では明日の行動は貴女自身の判断に一任します。ただ、昨日から眠っていないのでしょう？　今夜はまず休養を取りなさい。よいですね」

「はい。ありがとうございます」

　こうして騎士団の出立は改めて三日後の朝に決定した。軍議を終えたミールは、緊張から一時解放されて、徹夜の疲労と睡眠欲に引きずられながらフラフラと廊下を歩く。すると突然、背後からガバッとライカに抱き締められた。

「お～い。大丈夫かミール、フラフラして」

「はい、大丈夫です……。ですから、んぁっ、胸を揉まないでください……」

「おほっ。小ぶりだけどやわらかいね～、ミールの胸は」

　ふにふにと背後から乳房を揉んでくる長姉に眉をひそめつつも、いつものことでもあったし体力的な余裕もなかったミールはライカを振り払おうとはしなかった。

　そうしてしばしミールの乳房の感触を堪能していたライカだが、ふと表情を引き締め、ミールの耳元に小さく囁く。

「さっきの淫術の話、さ。レイアは団のトップで皆の身を預かる立場だし、あの真面目な性格だから当然ああいう選択をするだろうけど……やっぱり、保険はかけておいた方がいいと思うんだよな。ミールも、そう考えてるんだろ？」

「ライカ姉さま……」

　ミールが振り返ると、ライカはニカッと笑みを見せる。

「ま、何かあったらお姉さんを頼りなさいってことさ。少なくともアタシはレイアほど頭が固くはないからさ」

ライカはミールの身体を離すと、ヒラヒラと手を振りながら廊下を歩いていった。姉はどこまで自分の考えに気づいているのだろう。気にはなったが、しかしそれ以上に今は瞼が落ちるのを耐えるのに必死であった。

結局ミールはなんとか寝室に戻るとベッドにバタリと倒れこみ、そしてそのまま朝まで意識を失ったのだった。

ミールが王城へと報告に戻ったその翌朝。いつの間にか眠りに落ちていたクロトは、机から上体を起こして眠い目を擦る。昨夜は地下室で書物を読みながら眠ってしまったようだ。

ミールほど活字の虫ではないが、クロトもまた書物を読むのを好む性質だ。内容が内容だけにミールが傍らにいる間は集中できなかったが、いざ一人になれば未知の知識の吸収に自然と心が躍った。

それに加えて、血筋の影響かクロトは淫術に対して自分でも驚くほど理解が早かった。一度書物に目を通しただけで、その脳裏には基本の術式がしっかりと刻みこまれてしまっていた。複雑な術もまたそれらの応用なので、触媒さえ用意できればいくらでも実践できそうだった。もっとも、術が術だけにそれが最も難しいのだが。

「う〜ん。僕って実は、自分で思っていたよりもずっといやらしかったのかなぁ。なんだか変な夢も見ちゃった気がするし……」

直前まで淫術の書物のページを捲っていたせいか、目を覚ました今でははっきりとはしないものの、昨夜の夢は随分と桃色がかっていたのをおぼろげに覚えている。

夢のなかでクロトは、様々な術を唱えてベッドに横たわる白い裸身を何度も喘ぎ鳴かせていた。その声の主はひどく華奢で、そしてとても艶やかな長い黒髪をなびかせていたような……。

眠りから覚めたばかりの生理現象によって血流が下半身に流れこんで滾っている上に、妙になまめかしい夢を思い返してしまいだんだん怪しげな気分になってきた、そんな時。ふと、上階からかすかに呼び鈴の音が聞こえた気がした。クロトは首を振って妙な気分を振り払うと、玄関へ向かうべく慌てて地下室を後にした。


「そっか……。レイア様ならやっぱり、そう言うよね」

再び屋敷を訪ねてきたミールに昨夜の報告の結果を聞かされたクロトは、やっぱりなとため息を吐いた。レイアの判断はミールが懸念していた通り、淫術に頼らず正義と女神の加護を信じて正面から魔物を打ち倒すというものだった。

それはそうだろう。いくら古書に記述されているとはいえ、実際に己が力を試しもせずにその信念を捨てられるはずがない。まして、己の力を信じ、そして信じるに足る実力を有しているレイアならば尚更だった。

「うん……。私も、やっぱり姉さまの判断は当然だと思う。私だって、あんな夢を見なければきっと姉さまの言葉を信じたと思うから。でも……」

ミールとて本当は姉の言葉を信じたいのだろう。だが、その悪夢が脳裏にこびりついてしまったがゆえに、万が一にもそれを現実としないために苦悩し、あらゆる可能性を探っているのだ。

それにしても、とクロトは改めて目の前に座るミールを眺める。今日、ミールは昨日の魔法騎士姿ではなく、あの晩餐会と同じ美しい黒のドレス姿でクロトの元を訪ねてきた。どうしてその格好なのかと尋ねても答えを濁されてしまったが、クロトは気になって仕方がない。夜通し淫術の書物を読み漁っていたことで女体に対する関心が高まっていたこともあり、クロトはミールを見つめながら思わず唾をゴクリと呑みこんでしまい、慌てて視線を逸らしつつ話を続ける。

「そ、それじゃ、ミールはレイア様とは別に、魔物への対策を取るつもりなんだね。何か、考えがあるの？」

クロトの質問に、ミールは一瞬黙りこむが、しかしやがて意を決したようにコクリと頷いてみせる。

「……うん。でもそれは、私一人の力じゃできない。クロトの協力が必要なの。だけどそれはある意味、騎士団を……姉さまを裏切ることになってしまうと思う……。クロト。話を、聞いてくれる……？」

まっすぐな視線でクロトの顔を見つめるミール。裏切りという重たい言葉に、クロトは思わず息を呑む。しかしミールのその覚悟のこめられた真剣な眼差しを見ては、聞かなかったことにするわけにはいかなかった。クロトはゆっくりと、ミールに向かって頷いて見せた。

ミールの案はなんとも大胆なものだった。騎士団の進行ルート上に淫術による罠を張り、それを無事突破できるか否かで、女神の加護が魔物の媚毒に対抗しうるのか、すなわち騎士団が魔物を討伐できるのかどうかを見極めようというのだった。

「サンレマン湖へのルート上に、幻夜草の花畑があるのは知っているでしょう？」

「うん。何度かお花見に行ったことがあるよね。そういえばそろそろ、満開の季節だね」

幻夜草というのは春に淡い桃色の花を咲かせる可憐な植物で、夜になると月明かりのなかで花粉と共にうっすらと靄を立ち昇らせながら幻想的に煌くことからそう呼ばれているという。

「そう。その幻夜草だけど、淫術の触媒としても効果が高いらしいの。だから、あの花畑に到着したところで私が休息を提案して足止めし、そこで幻夜草を触媒に淫夢の霧を発生させる……。それを皆が意志の力で突破できるようなら、きっと魔物の媚毒にも負けないと思う。でも、もし淫術に身体を蝕まれ、動けなくなってしまうようなら……」

「その時は……？」

「あの古書に書いてあった、淫術による媚毒への防護の術をその身に施してもらう。少なくとも、それでも討伐に向かうという騎士には全員。もしそれを承諾しないなら、撤退してもらうしかない……」

話のスケールの大きさに、クロトはゴクリと唾を呑みこむ。ミールは、それが最終的に全滅を避けるためだとはいえ、騎士団を丸ごと罠に填めようというのだ。

「もちろんこんな大それたこと、私一人ではできるはずない。この作戦を実行するには、淫術に長けた術者が必要……。クロト……協力、してくれる？」

まっすぐに目を見つめられながら改めて尋ねられ、クロトは一瞬返事に詰まる。

「確かに僕の家系は淫術を受け継いできたんだろうけど、僕自身は今まで淫術なんて使ったこともないんだよ。そんな大掛かりな術、僕にできるのかな」

「きっと大丈夫。クロトは私よりずっと、魔術の才能があるから」

「そんなこと……」

謙遜かと思ったが、視線を外さないところを見ると、ミールは本気でそう信じているようだった。

「それに、淫術による防護を施すには、男の人の協力が必要だし……。こんなこと、クロトにしか頼めない……」

「……あ」

そう。あの古書には、媚毒に打ち勝つ淫術の防護を施すためには、対象の女性がその肉体に性の快楽を深くまで刻んでいる必要がある、と記されていた。そうでなければ、魔物の媚毒による未知の強烈な快楽にたちまち理性を呑みこまれてしまうという。

だが、姫百合騎士団は当然の如く皆、純潔の乙女。つまり淫術の防護を施すとなれば、彼女たちの純潔を奪い、その上でその肉体に絶頂を深く刻みつける必要があるのだ。ミールは淫術を行使するだけでなく、その役目もまたクロトに科そうというのだった。

「そ、そんなっ。僕、できないよ。キスだってまだしたことないのに……うぅ」

クロトは真っ赤になって首を横に振る。同時につい接吻も未体験であることも告白してしまった。その発言にミールもほんのり頬を赤らめるが、それでもミールは視線を外そうとしない。

「それは、大丈夫だと思う。そのための淫術だから……。淫術を駆使すれば……その……経験がなくても、女の人を……あの……できると思う」

割りきっていても羞恥は残るのか、ミールの言葉は肝心な部分がぼやかされていた。だがそれでも、言いたいことはクロトに十二分に伝わった。

「そうかもしれないけど……でも、う〜ん……」

ミールの作戦のすべてがこれまでに経験のないもので、クロトはすっかり混乱してしまう。その様子を見たミールはスッと立ち上がると、クロトの座るソファーの傍らにチョコンと腰を下ろし、黒手袋に包まれた手でクロトの手をそっと握る。

「……実際に使ったこともない淫術を信じられないのは、当たり前だと思う。私もこうして色々考えたけど、実際の効果は半信半疑なところもあるもの。だから……。クロト。私の身体で、淫術を試して欲しい」

「え、ええっ⁉」

ミールの突然の提案に、クロトは目を丸くして隣を見る。ミールは顔を真っ赤に染めて俯き、クロトの手をギュウッと強く握り締めていた。

「そ、そんなっ。でも、あの、君は王女だし、その……ぼ、僕が相手で、いいの？」

「王女だから、国のためにしなければいけないことがあると思う……。それに……クロトが相手じゃなかったら、私……きっと、こんな作戦も思いつかなかった……」

動転して取り乱すクロトに対し、ミールは必死で羞恥を押し殺していた。そんなミールを見ているとクロトは自分が情けなく思えてきて、いったん両目を閉じると大きく深呼吸をする。

ミールはそのすべてをかけて、国を、騎士団を、最愛の姉を救おうとしている。この案を実行すれば、騎士団が淫術に耐え抜いたにしろ屈したにしろ、ミールは後に背任を追及され処罰されてしまうかもしれない。しかしミールはそれでも、己の純潔すら賭して、誰の責任でもないはずの万一のために力を尽くそうというのだ。

「……わかったよ、ミール」

クロトはゆっくりと目を開くと、ミールの手を力強く握り返した。

「僕もミールに協力する。僕だってこの国もレイア様も大好きだもの。取り返しがつかなくなってから、後悔はしたくないから」

「クロト……ありがとう」

ミールは小さく呟くと、クロトの肩にコテンとその小さな頭をもたれかけさせた。黒髪からふわりと漂うほの甘い香りに、心臓がますます早鐘を打ち出したのを感じ、クロトは再び唾液を呑みこむ。

本音を言えば、クロトがミールの提案を受け入れたのは、格好のよい理由だけではなかった。淫術の書物によって悶々としていたところに、普段とは違い艶やかに着飾ったミールが訪れたことで、湧き上がる興奮が抑えきれなくなったのである。ある意味では、唱える以前に淫術はすでに効果を表していたのかもしれない。

クロトは隣に向き直ると、ミールの華奢な肩を両手でしっかりとつかむ。そしてフルフルと揺れているミールの澄んだ黒い瞳を見つめながら、ゆっくりと顔を近づけてゆく。

「……ミール……んっ……」

「ふぁ……んむ……あぁ、クロト……」

初めて触れる少女の唇は、ふわふわとしてとても柔らかかった。クロトはしばし両目を閉じて、ただじっとミールの唇の感触を味わっていた。


いつまでもその初めての感触に浸っていたかったが、二人にはあまり時間が残されていない。ずっと胸に秘めていた想いが叶った感動をミールはなんとか胸の奥に抑えこみ、ゆっくりとクロトの唇から己の唇を離してゆく。

「あの、クロト……あなたの部屋へ、行ってもいい……?」

「う、うん……」

ミールの言葉が何を意味するのか気づいたクロトは、ゴクリと唾を呑みこんだ。

そしてクロトはミールの手を引き、階段を上がって二階の自室へとエスコートする。

「ここが僕の部屋だよ。……って、知ってるか。子供の頃は、何度か遊びに来ていたものね」

「うん……」

年頃になってから訪れるのは初めてだが、ベッド以外は本ばかり置いてあるその部屋は記憶とほとんど変わっていなかった。二人は並んでベッドに腰を下ろし、幼少の頃を懐かしみながらしばし無言の時を過ごす。

しかし二人はこれから、その関係を幼なじみから一歩先に進めなければならない。ミールは意を決するとスッと立ち上がり、身にまとっていた黒いドレスをスルスルと脱ぎ去ってゆく。

「ミ、ミール……ゴクッ」

ドレスを脱いで白い裸身を晒したミールの、そのあまりの美しさにクロトは思わず息を呑む。透き通るような真っ白な裸身に、身につけた黒い長手袋と黒ストッキング、そしてサラリと揺れる黒髪の艶やかなコントラスト。姉二人に比べて小ぶりとはいえ、クロトの手のひらにちょうどすっぽりと収まりそうな柔らかそうな乳房と尻たぶは、飾り気はないが清楚な上下お揃いの白い下着に包まれ隠されている。

湧き上がる熱い衝動に突き動かされて、緊張で小刻みに震えるミールの白いなだらかな腹部へ、クロトは無意識に手を伸ばす。だがその指先が形よく切れこんだ小さな臍に触れる寸前、ミールはキュッとクロトの指先を握る。

「ク、クロト……。い、淫術の術式は、もう覚えてる……？」

「あ……う、うん。そうだよね。そうだった……。だ、大丈夫。覚えてるよ」

そう。ミールはあくまで、淫術の効果をその身で実際に試すために裸身を晒したのだ。ならばクロトのすべきことは、若き衝動に任せてミールの肉体を貪ることではない。

「それじゃ、いくね。ええと……」

クロトは書物にあった呪文を思い出し小声で詠唱しながら、ミールの白くなだらかな腹部に指先を這わせ、文様を描いてゆく。指先が肌の上を走るその感触が妙にもどかしく感じられて、それが淫術の効果によるものなのかわからぬまま、ミールはピクッ、ピクッと腹部を悩ましげに波打たせる。

やがて、詠唱と共に文様を描き終えたクロトは、ミールのおへそにそっと唇を重ねる。と、その瞬間、電撃のような強烈な刺激がミールの身体にピリッと走り抜ける。

「ふぁっ、きゃふぅんっ！」

ミールは愛らしい悲鳴を上げてくずおれ、クロトの胸に倒れこんできた。

「だ、大丈夫、ミール」

「う、うん……ふぁ……。す、少しおなかの辺りがピリッとして、驚いただけ……」

そう言いつつも、ミールは自分の力では立てなくなっているようだった。クロトはミールの華奢な身体をゆっくり支えると、ベッドの上に仰向けに寝かせてやる。

改めて上からじっくりと見下ろしてみると、ミールの裸身は息を呑むほどに美しかった。ライカやレイアのような、着衣の上からでも滲み出る強烈な色香こそないものの、その壊れそうに脆い精巧な裸身がたまらなく獣欲を掻き立ててくる。

興奮と緊張で目元を赤く色づかせながらも、不安に濡れてフルフルと震えている水晶のようなミールの瞳。ジッと見つめられていると、クロトは自分が抑えられなくなってゆく。

「ミール……もう一度、キスしてもいい？」

「んっ、ふぁ……。う、うん……いいよ……」

クロトの手に優しく頬を撫でられ黒髪を掻き上げられただけで、ミールの肌はジーンと熱く火照ってゆく。ふわふわと瞳を揺らしながら頷くミールを見て、クロトは再びその顔を唇へと寄せてゆく。

「チュッ……ムチュ、ムチュッ……あぁ、ミール……キス、あったかくて気持ちいいよ……ムチュチュ、チュパッ……」

「んぷぅ、ふあぁぁ……そ、そんなこと、言っちゃダメ……はずかしい、んむぅぅ……」

クロトは四つん這いになってミールに上から覆いかぶさりながら、その唇に唇を、今度はネットリと深く押しつけてゆく。唇同士がペットリと重ね合わされプルンとした柔肉がグニュリとひしゃげてゆくそのなんとも言えぬ感触に、ミールはピクピクッと肢体を捩じらせる。

しかしクロトは両手と両足をミールの背中に回し、その華奢な肢体をスッポリと抱きすくめてしまう。ひんやりしていそうに見えたその真っ白な裸身は、接吻の影響か淫術の効果か、想像よりもずっと温かくしっとりとしていた。

ミールを抱きすくめたクロトは、夢中になってチュパッ、チュパッと淫靡な音を立てながらその肉付きの薄い唇をしゃにむに吸い立てる。

「ムチュムチュッ、チュパッチュパッ。ミールの唇、ふわふわしていて気持ちよくてたまらないよ。ほんのり甘くて、ずうっと味わっていたくなっちゃう……チュブチュブッ、ジュパッジュパッ」

「あぷうぅんっ？　クロトッ、そんなにはげしくしちゃ、ダメ、ひゃむぅっ、んぷむむぅ～んっ」

だんだん獰猛になってゆくクロトの接吻に慄いたミールは、クロトの胸板に両手を当ててその体を引き離そうとする。だが、体格的には同じくらいなのに、ミールに覆いかぶさるクロトの体はビクともしなかった。雄の逞しさを身をもって感じたミールは、フルフルッと背筋を震わせる。

その間も、クロトはジュパジュパと好き放題にミールの可憐な唇を味わい尽くしてゆく。やがてミールの唇は強烈な吸引に何度も晒されてジンジンと甘く痺れながらぷっくりと膨れてしまい、閉じ合わされていた唇の隙間がしどけなく開いて艶かしい吐息が漏れてしまう。

「チュプチュプ、ジュパパッ。ぷあぁ、ミールの唇、なんだかエッチな形に開いてきたよ。それに、ほんのりと甘い香りがする……」

「んむむあぁっ。いやぁ、エッチな形になんかなっていないのぉ……」

唇の形を淫猥だと指摘され、ミールは羞恥にイヤイヤと首を横に振る。そんな愛らしい仕草がますますクロトの興奮を高め、もっともっと淫らな顔を曝け出させたいと、クロトの獣欲を滾らせる。

(本ばかり読んでいてあんまり感情を出さないミールが、こんなに切なげで愛らしい表情を見せてくれるなんて……)

新たに発見したミールの魅力に感動を覚えながら、クロトはさらに深くミールの唇に唇を押しつけ、そしてそのうっすらと開かれた隙間にヌプヌプと舌先を潜りこませてゆく。

「ミールの口のなか、ヌルヌルしてて気持ちよさそう……。甘い香りもたまらなくて、僕もうガマンできないよ。唇だけじゃなくて、ミールのお口も全部味わわせて……ブチュチュッ、ヌプウゥ～ッ」

「ひゅ、ひゅむうぅぅ～っ!? んむんむっ、んふむぅ～っ。んぷんぷ、ぷあぁっ、らめぇぇっ。クロト、ひゃめっ、んひゅみゅむ～っ！」

唇を丸ごと咥えられ、さらには唇の隙間からぬめった肉舌を捻じこまれて、ミールは驚きに大きく目を見開いてパタパタと小さく身体を暴れさせる。しかしクロトはさらにギュムッときつくミールを抱き締めてその小さな抵抗を封じながら、思うさま舌をくねらせてミールの口内粘膜をネチョネチョとねぶり回してゆく。

「んぷむぷっ、ぷあぁっ。きゃひっ、はひぃぃ～っ。くちがっ、くひのなかがぁっ……ネチョネチョでっ、あつくてとろけてしまうのぉっ」

（んあぁっ、口のなかが、熱くてジンジンしておかしくなるっ。クロトの熱い舌にネットリと舐められると、口のなかがヒクヒク疼きだしてぇっ。まるで……口のなかが、アソコになってしまったみたいなのっ）

ミールは反らせた白い喉をヒクヒクと波打たせながら、媚肉のように淫らに変貌してしまった己の口内に愕然とする。

書物を読むのが好きだったミールは、知識欲に負けて早くから過激な内容の物語にも目を通してしまっていたため、性の目覚めは早かった。時には物語によって高ぶった肉体を、己の指で慰めたこともある。

　そして今、ミールの口内粘膜は、自慰の際に指で慰めた発情した媚肉と同様、いやそれ以上に淫らな疼きに苛まれてしまっていることに気づき、愕然とする。それが淫術の効果なのか、それとも己が肉体が元々淫らな素質を秘めていたのかは、すっかり桃色に蕩けた脳では判別できなかった。

「ネロネロッ、ジュルルッ、ジュパッジュパッ……あぁ、たまらないよ、ミール……」

「んむあぁっ、ひゃむ、はむむぅ～んっ……クロトォ……チュパパッ、らめぇぇ～……」

　ガッチリと頭部を固定されながら口内をされるがままに蹂躙され、ミールは悩ましく湿った吐息とくぐもった悲鳴をもらす。とその時、口内の燃え盛るような狂おしい疼きにばかり向かっていた意識が、ふと腹部をズリズリと擦る激しく熱い摩擦を認識する。

　その猛るような激しさに慄きながらもミールがおそるおそる手を伸ばすと、布地の感触の下から、憤る剛直の感触が伝わってきた。

「くあぁっ！　ミールが自分から、僕の股間を触ってくれるなんてっ」

「えっ？　あっ、イ、イヤッ」

　クロトの呻きで手のなかの剛直の正体を知り、ミールは慌ててパッと両手を離す。

しかし一度女性のしなやかな手のひらの感触を知ってしまった以上、クロトはもうその感触を無視できなかった。クロトはミールの口内をネロネロと舐め回し続けながら、ズボンのチャックを開けてすっかりガチガチに勃起した肉棒を取り出すと、ミールの黒手袋を嵌めた手を取りその手のひらにしっかりと握りこませる。

「ひうぅっ。クロト、やめてぇっ」

「そんなこと言わないで、もっとしっかり触ってみてよ。すごく大きく、ガチガチに硬くなってるでしょ。こんなに破裂しそうになったのなんて、初めてだよ。ミールとのキスが気持ちよすぎて、僕のチ×ポ、こんなになっちゃってるんだ……」

「チ、チ×ッ……。そ、そんないやらしい言葉、ダメェ……」

より卑猥な単語を使って囁くクロトに、ミールは真っ赤になって首を横に振る。しかしその淫語はミールの耳朶にじっとりと染みこんでゆき、そして身体の芯をジーンと熱く疼かせてゆく。

クロトはミールに濃厚な接吻を続けつつ、その小さな両手にカウパー塗れのガチガチの肉棒を握りこませる。そしてカクカクと腰を振り、上質な手袋のサラサラとした感触とミールの手のひらの柔らかで温かな感触を思うさま貪ってゆく。

「くあぁ～っ。ミールの手、とても気持ちいいよっ。ちっちゃくて柔らかで、手袋のスベスベした感触もたまらないんだっ」

「ふあぁっ。手のなかで、ビクビクしてるぅ……。ネトネトしたお汁が、手袋にグチュグチュ染みこんできてるの……んあぁ……」

「ミールの手のひらとキスが気持ちよすぎるから、こんなにカウパーがたくさん溢れちゃってるんだよ。ああ、ミールの綺麗な指をグチュグチュに汚しちゃってると思うと、なんだかたまらない気分になってきちゃうよ。ほらミール、もっとチ×ポ全体を包みこむように握ってみて」

「う、うん……ふぁ……私の手のなかを、クロトのオチ……オチ×ポが、ズリッズリッて出たり入ったりしてるぅ……あつい、あついよぉ……」

クロトはミールに手筒を作らせると、腰を前後に大きく動かしてそのなかをズニュッ、ズニュッと肉棒で擦り上げてゆく。その動きはまさしく性交そのもので、想像力に長けたミールはいずれ自分の秘所もこのように貫かれてしまうのだろうかと連想して、背徳の興奮と共に悩ましい吐息を漏らしてしまう。

ミールが肉棒から手を放せなくなった様子を見て取ったクロトは、両手を再びミールの両頬に添えるとツイとその顎を上向かせ、もう一度獰猛にその唇にくらいつく。

「ムチュルッ、ジュパッ、ジュルジュル～ッ！　ぷぁ、ミールのアツアツでトロトロの口のなか、おいしくてたまらないよっ。ジュパジュパッ、ネロッネロッ、ネチョネチョ～ッ」

「ひゅむむぅ～んっ？　らめっ、むぷぅ、クロト、らめぇっ、へあぁぁ～っ」

たっぷりと唾液に塗れたクロトの肉舌に口内粘膜をこれでもかと舐めねぶられ、ミールは瞼の奥でパチパチと火花が散るのを感じながら、それでも強く抵抗もできずに甘い悲鳴を上げてヒクヒクと肢体を悶えさせるばかり。

（ひあぁっ。あの優しいクロトが、こんな獰猛な獣みたいに私を貪りつくそうとしてるっ。腰もあんなに激しく動かして、手のなかのオ、オチ×ポも、クロトのモノとは思えないくらい大きく硬くなってて。こ、これが淫術の効果なの？　それとも、この獣のような激しさが、クロトの本性だったの……？）

普段のクロトとはあまりに違う獰猛に快楽を貪る姿に慄くミール。だがその一方で、激しい熱さをぶつけられて子宮の奥がジーンと痺れだしてしまっていることに気づいてしまっていた。そんな肉体の反応こそが淫術の効果なのだろうか。

ミールの小さな白い歯の表と裏、さらには内頬や上顎に下顎まで舌でたっぷりとねぶり回し唾液を塗りつけたクロトは、唇をいったん解放してゆっくりと顔を離す。

ミールの口内粘膜はジンジンと甘い痺れに侵されて、唇はしどけなくぽっかりと開かれたまま締まらなくなっていた。唇の間から覗く小さな赤い舌がヒクッ、ヒクッと悩ましく蠕動する様が、クロトの獣欲をますます狂おしく滾らせる。

「ミールの小さなお口のなか、僕の唾液でネトネトだね。淫術の基本作用に、体液への反応を敏感にするっていうのがあったけど……十分に効果があったみたい」

「いやぁ……言わないで……くぅん……」

効果を確かめるようにじっくりと蕩けてしまった顔を見つめられて、ミールは恥ずかしげに呟き、子犬のような愛らしい声を漏らす。クロトの言う通り、ミールの口内は大量の唾液を塗布されてどうしようもなく発情してしまっていた。そしてカウパー塗れの肉棒を握らされた両手もまた、手袋にじっとりと染みこんだ淫液が手のひらまでネチャネチャと広がって、たまらなく熱くなっている。

一方のクロトもまた、ミールの発情が伝播したかのように全身の血流が熱く滾り、肉棒はこれまで経験のないほど硬く反り返ってビクビクと打ち震えていた。

この滾るパトスを、幼い頃から一緒だった愛らしい少女にぶつけたい。そんな想いが抑えきれないほど膨れ上がったクロトは、左手をミールの後頭部に回して頭を固定してから、もう一度ミールの唇にむしゃぶりついて口全体をスッポリと塞ぐ。そしてジュパジュパと強烈に吸引しながら、右手を肉棒を握るミールの手に重ね、ミールの手筒ごとゴシュゴシュと肉棒を扱き立ててゆく。

「んむむっ、ひゅむむぅ～んっ？」

「ムチュムチュッ、ジュパッジュパッ。ハァハァッ、ミール、僕もうイキそうだよっ。ミールとキスしながら、思いきり射精しちゃうからねっ」

レロレロ、ネチョネチョとミールの口内を舌でねぶり上げながら、上質の手袋に包まれたしなやかな指を淫具にして肉棒から快楽をグングンと引き上げてゆくクロト。ビクビク震える肉棒に射精の予兆を感じて、慌ててミールは片手で亀頭に蓋をするが、それが敏感な亀頭をよりスリスリと刺激することになって、射精の瞬間を早めてしまう。

「くうぅっ。幹だけじゃなく亀頭まで手のひらで包んでくれるなんてっ。敏感な先っぽをスリスリされて、僕もうガマンできないよっ。ミールとのエッチなキスでどれだけ興奮しちゃったか、いっぱい見せてあげるからね、ネロネロ、ムチュゥッ」

「ひゃむぅんっ？　わ、わたひ、そんなつもりじゃっ。んむんむ、あむぅんっ。ふあぁっ、オチ×ポ、すごくビクビクしてるぅっ。舌もエッチで、んぷあぁ、くひのなかがあちゅくておかひくなっひゃうぅっ、んれあぁ～っ」

脳髄まで掻き回すかのように口内粘膜をベチャベチャに舐め回されて、接吻され肉棒を握らされているだけだというのに、ミールは体奥から沸き上がる強烈な熱と衝動に目を白黒させてビクビクと肢体を悶絶させる。

そして、クロトの肉棒がブクッとさらにひときわ大きく膨れ上がる。射精の予兆にクロトはミールの頭をグイと思いきり引き寄せると、唇がひしゃげるほどムチュリと重ね合わせ、震えるミールの舌に己の舌をベッチョリと強く押しつけた。

「んむあぁっ、イクよミールッ。んべあぁぁ〜っ！」

「あむぷぅ〜んっ!?　んべっ、れあぁぁ〜っ」

敏感な舌全体にぬめる肉舌をネッチョリと押しつけられ、そのあまりの淫らさと蕩けるようななんとも言えぬ感触に、ミールの瞳がクルンと裏返る。

その瞬間、クロトの欲望もまた限界を迎え、ミールの手のなかでビクビクッと蠕動しその手のひらに特濃の白濁粘液を勢いよくぶちまけた。

ビュクビュクッ、ブビュルッ、ドビュドビュゥッ！

「んれあぁっ、あむうぅぅ〜んっ!?」

（ひあぁっ？　出てるっ、私の手のなかにすごく熱くてドロドロしたものがブピュブピュ出てるぅ〜っ）

薄布など簡単に侵食して手のひら全体にドロドロと広がってゆく精液の熱く粘ついた感触に、ミールは瞳の焦点をフルフルと揺らめかせてピクピクと悶絶する。

「くあぁぁ〜っ！　ミールとキスしながら射精しちゃってるっ。ミールを相手にこんなにもエッチな気持ちになっちゃうなんて……。ああ、止まらないっ。ミールのトロンとした顔がいやらしすぎて、スベスベの身体がきもちよすぎてっ。射精が全然止められないよぉっ、うあぁぁ〜っ」

クロトはミールの華奢な肢体をギュウッと抱きすくめると、ズリッズリッと全身を動かしてその柔らかなすべらかさを堪能しながら、何度も何度もミールの手のひらに精液をビュクビュクと打ち出してゆく。ミールは瞳の焦点を彷徨わせたまま、ヒクヒクと肢体を震わせて熱い飛沫を手のなかで呆然と受け止め続ける。

その時、クロトの胸をさらなる欲望がゾクゾクッと駆け上る。すっかり淫欲に緩んでしまったミールの愛らしい美貌を、己の欲望の証で思いきり染め抜いて、すべて自分のものにしてしまいたい。

そう脳裏に浮かんだ次の瞬間にはクロトは体を起こすとミールの上体に馬乗りになっていた。そして手筒に握らせたままの肉棒の先端をミールの呆けた顔に向けると、ミールの手を用いて肉棒を激しくゴシュゴシュと扱き立て、その顔に残りの精液を思いきりこってりとぶちまけた。

ブビュビュッ、ドパドパッ！　ビチャビチャァッ！

「あぷぁっ、はひぃぃぃ～んっ⁉　かおがあついのっ。ドロドロなのぉ～っ！」

「くうぅ～っ。ミールの顔が、僕のザーメンでドロドロになっていくっ。目も鼻も、さっきまでキスしてた唇も真っ白にっ。ハァハァッ、すごくエロいよぉっ」

ミールの愛らしい顔が粘ついた白濁に塗れてゆくさまは、クロトをますます興奮させた。ようやく射精が終わる頃には、ミールの顔は精液塗れで表情すらわからないほどドロドロになっていた。ミールの手のひらにもたっぷりと吐き出したにもかかわらずさらに顔をも埋め尽くすほど大量に射精するなど、もちろん初めてのことであった。

「んぷあぁ……はひ……あひぃぃっ……」

可憐な美貌をこってりと白濁に埋め尽くされ、小鼻をヒクヒクさせながらミールが力なく呻く。すっかり力が入らなくなった身体はベッドの上にくたりと投げ出されてしまっている。

と、精液の熱にジクジクと侵食されていた肌が、突然ジンジンと熱く疼き始めた。ミールはピクピクと肢体を悶絶させながら、両手で顔じゅうをネチャネチャと撫で回し始める。

「んひあぁぁっ？　あひっ、はひぃぃぃ～っ！　あついのぉっ。顔がっ、精液っ、ザーメン塗れの顔があつくてっ、ジンジンしてるのぉ～っ」

悲鳴交じりの嬌声を上げ、ミールはヌチャヌチャと精液を塗り広げるように愛らしい顔を撫で回し続ける。その白痴のような淫らな姿を驚いてみていたクロトは、ふと淫術の一つの効果を思い出す。

「そうか。唾液やカウパーであんなに反応していたくらいだから、これだけ濃い精液を浴びたら、とんでもなく発情しちゃうんだ」

「あひっ、はひぃ～んっ。ヌルヌルなのっ、グチョグチョなのぉ～っ」

魔法騎士の聡明さなどかなぐり捨て、白濁に塗れて蕩けた牝鳴きを上げるミール。

そんな姿を見ていると、射精を終えたばかりだというのにクロトの肉欲が再び沸々と燃え盛りだす。

クロトはミールの傍らに添い寝をすると、その耳元にそっと口を近づける。

「ふふ。ミール、今すごくエッチだよ。顔から濃いザーメンの匂いをプンプン漂わせながら、ドロドロの白濁を気持ちよさそうに塗りたくって……。そんな姿を見せられたら、僕のチ×ポもまたガチガチになっちゃったよ」

「んぷあぁっ、らって、らってぇ～っ。顔じゅうがドロドロにべっとり包まれて、しゅごいニオイに頭のなかまでグチャグチャにされちゃってぇ～……わたひもう、なんにも考えられなくなっひゃってるのぉっ。おねがいクロトォ、なんとか、なんとかひてぇ～っ」

あのいつも感情を表に出さないミールが、これほどまでに愛らしく甘えねだってくるなんて。クロトは沸き上がる興奮にゴクリと唾を飲みこむと、白いブラジャーのなかで精一杯に天を向いている手のひらサイズの膨らみを、ドキドキと胸を高鳴らせながら右手でスッポリと包みこむ。そしてブラジャー越しにもくっきりと浮かび上がっているピンピンに勃起した乳首を指でクリクリッとくじり回した。

「きゃふぅんっ！　あっあっ、ひあぁ～んっ。ダメッ、先っぽダメェ～ッ」

「ああっ、これが女の子のおっぱいっ。ふにふにして、ふわふわに柔らかくて、こんなに気持ちいい触り心地のものがあったなんてっ」

　手のひらに広がるあたたかで蕩けてゆきそうな極上の触り心地に、クロトはすっかり夢中になってミールの乳房をムニムニと揉みたくる。ライカに豊満な塊を押しつけられたことは何度かあるものの、こうして自分の意思で触るのはもちろん初めてだ。つぷつぷと指を沈めるたびにミールの唇から漏れる甘い鳴き声がますますクロトを興奮させ、揉みこむ手つきが淫猥になってゆく。

「あんあんっ、あひひぃ～んっ！　胸がっ、おっぱいがあついのぉっ。ムニムニつぶされるたびにキュンキュンッて奥が疼いちゃうのぉ～っ」

「ミールのおっぱい、とっても敏感だったんだね。モミモミされて漏れちゃってる甘い声がすごくエッチで、僕もまたチ×ポがガチガチになっちゃったよ」

「ひあぁんっ。ヌルヌルオチ×ポ、おなかにズリズリ擦りつけないでぇっ。エッチになっちゃってる顔、そんなにジッと見つめないでぇっ、ふぁひぃぃ～っ」

　クロトはミールを抱き枕のように横抱きにしながら、残滓塗れの勃起肉棒をその白くすべらかな腹部にゾリゾリと押しつけつつ、可憐な膨らみを執拗に揉みたくる。

　悦楽に蕩けた顔を間近で覗きこまれるのが恥ずかしくてミールは両手で顔を覆うが、しかしその手のひらには手袋にベットリと濃厚な白濁が染みこんでおり、立ち昇る淫猥すぎる精臭でミールの脳裏はさらにグチャグチャに掻き回されてしまう。

己がぶち撒けた白濁に塗れて愛らしく悶え狂う美少女の姿は、クロトの欲望を際限なく駆り立ててゆく。クロトは布地の上からでは我慢できなくなり、ミールの白いブラジャーをズリッと上にずらして生の乳房をプルンと露出させると、その白い膨らみを手のひらいっぱいにムギュッと握り締めた。

「ひゃうっ、きゃうぅ～っ！　おっぱいつぶれちゃうっ、ビリビリするのぉ～っ」

血流が集まりピクピク震えていた柔らかな頂を揉み潰され、弾ける電撃のような快感にミールは甲高い悲鳴を上げてピクピクと悶絶する。その反応がさらにクロトを突き動かし、クロトは体を起こしてミールに覆いかぶさると、右手でミールの左の乳房をムニュムニュ好き放題に揉みたくりながら、大きな口を開けて右の乳房にパクリとむしゃぶりついた。

「ひゃうぅっ、あひぃぃ～んっ！　おっぱいぃっ、おっぱい食べちゃだめぇ～っ。ふあぁぁぁ～っ」

「ムチュムチュッ、チュパパッ。ふあ、なんて柔らかいんだ。ミールのおっぱい、ほんのりとミルクみたいな甘い匂いがして、出来たてのスイーツみたいにふわふわの柔らかさで……僕もう、唾液が溢れすぎて口のなかが蕩けちゃいそうだよっ。もっと、もっとしゃぶりたいっ。ムジュルッ、ジュパジュパ、ズチュチュゥ～ッ」

「きゃうっ、ひゃふぅ～んっ！　私のおっぱい、クロトにぜんぶ食べられちゃってるぅっ。ムギュムギュにつぶされて、おっぱいおかしくなっちゃってるぅ～っ」

片方はジュパジュパと丸ごとしゃぶりたてられ、もう片方は何度も何度もモギュッモギュッと揉みしだかれて、ミールの両の乳房のなかで根元から先端へギュンギュンと快楽が引き上げられてゆく。ミールが切ない喘ぎを漏らすたび、ピンピンに尖りきった先端部がヒクヒクと切なげに震える。

たっぷりとミールの可憐な乳房を揉みたくり舐めしゃぶったクロトは、次にその一回り以上もぷっくりと勃起してしまったミールの乳首に狙いを定める。

「ミール、チュパッ、もっと気持ちよくしてあげるね」

クロトは快楽が溜まりきってウズウズと疼いているミールの勃起乳首を指で摘まむと、ゴシュゴシュと根元から激しく扱き上げてゆく。さらにはもう片方の乳首に唇で吸いつき、ジュルジュルと強烈に吸い立てる。両の乳首を駆け抜ける電流のような快楽のあまりの強烈さに、ミールは肢体をビクつかせ腰をクイッと浮き上がらせて悶絶する。

「はひぃっ、あひぃぃぃぃーっ!? 乳首っ、乳首しゅごいのぉ～っ。クロト、やめっ、りゃめぇぇ～っ！ おっぱいの先っぽ、弾けそうなのっ。頭のなかもピリピリしびれて変になっちゃうのぉ～っ」

「ジュルジュルッ、チュババッ。ミールの乳首、ビクビク震えてものすごく気持ちよさそうだよ。これならきっと、乳首でイケるはずだよ。さっきたくさん射精させてくれたお礼に、もっともっと刺激して思いっきり乳首でアクメさせてあげるからね。べロベロッ、ジュルルゥ～ッ」

「ひゃふうぅぅ～っ！　あっあっ、んあぁぁぁ～っ！　おかしくなっちゃうっ、乳首がジクジクしてはじけとんじゃうぅぅ～っ」

たっぷりと快楽が溜まった乳首への苛烈すぎるねぶり上げに、ミールは長い黒髪を振り乱してアンアンと鳴きながら身悶える。しかしクロトは愛撫の手を休めず、敏感に尖りきった肉突起へひたすらに快楽を送りこんでゆく。

執拗な乳首愛撫によって、いつしかミールの乳首は愛らしい膨らみには不釣り合いなほど淫猥にピクピクと起き上がってしまっていた。ミールの絶頂がすぐそこまで引き上げられていることに本能的に感づいたクロトは、さらに強烈な一撃を加えるべく、指で摘まんだ左の乳首をグリグリと押し潰し、右の乳首にカリカリと歯を立て削りたてる。

「ひゃぐっ、きゃひいぃぃぃーっ!?　ビリビリするぅっ！　乳首っ、乳首はじけちゃううーっ！」

「ジュパジュパッ、ほらミールッ、乳首でイッてっ。アクメしちゃえっ、ベロベロッ、カジカジッ」

「きひぃっ、あひいぃぃいーーっ！　乳首ぃっ、乳首しびれてりゅぅーっ！　イクッ、イクゥッ、イッちゃうぅーっ！　イッてるのぉっ、わたひのちくびっ、アクメしちゃってるぅーっ、はひいぃぃいーっ！」

とうとうミールは勃起乳首をビクビクと痙攣させ、甲高い悲鳴を上げて絶頂してしまう。自慰経験があるとはいえ秘所をおずおずと撫で上げる程度の軽いイタズラレベルだっただけに、ここまで強烈な快感を味わったのは初めてのことであった。

「ああっ、イッちゃったんだねミールッ。ミールのアクメ声、めちゃくちゃ色っぽいよ。もっともっとエッチな声、たくさん聞かせてよっ。ジュパジュパッ、カリカリッ」

「ひゃふぅっ、あっあっ、あひいぃぃいーっ！　イクイクゥッ。カミカミされるたびにイクゥーッ。私の乳首、おかしいのっ。ジンジンしすぎて、イクのが止まらなくなっちゃったのぉっ。んひいぃぃ～っ」

ミールは背中を浮かせて乳房を天井に突き出しながら、尖りきったピンピンの乳首を何度も何度も絶頂に震わせる。クロトは乳首から口を離すと、上からミールのイキ顔を覗きこむ。クールだった表情をグチャグチャに蕩かして甲高く悶え喘ぐミールをうっとりと見つめながら、クロトは指で何度も何度もミールの勃起乳首を扱き上げてやった。

たっぷりとミールの乳房の味と感触を堪能したクロトは、いよいよ女性の禁断の部分へと興味を向ける。まずはそこに手をつける前にミールの両手を取ると、いまだ発情にググッとせり上がり先端をピクピクと震わせたままの愛らしい乳房へ精液塗れのその手をグチョッと重ねさせてしまう。

「んはひぃっ！　ザーメンのグチャグチャが、おっぱいにぃっ。ヌルヌルがジュクジュク染みこんできてぇ、おっぱいジンジンとろけてきちゃうのぉ～っ」

ミールは抵抗もせず、精液塗れの手袋に包まれた両手でその愛らしい膨らみをムニムニと自ら揉みたくり、湧き上がる甘い快楽にアンアンと喘ぎ鳴いた。

その様子を笑顔を浮かべて横目で眺めながら、クロトは着ていた衣服をすべて脱ぎ捨てる。そして改めてミールに向き直り、その視線を乳房から腹部、さらにはその下の股間へと移してゆく。

気づけばミールの両脚ははしたなくがに股に開かれ、股間を覆う純白の布地にはぐっしょりと濡れた一本の縦筋がしっかりと刻みこまれていた。グニュグニュと自ら乳房を揉み上げるたびに弾ける快楽でミールの腰が浮き上がり、股布に包まれたふっくらとした恥丘がクイクイと淫靡に突き出され、クロトの興奮を煽る。

クロトはそっと指を伸ばすと、股布に作られた一本の縦の濡れ染みにそって恥丘を指先でツツーと撫で下ろす。その瞬間、ビクビクッとくねるミールの華奢な肢体。

「ひゃぅんっ！　んあぁ～んっ」

そして甘い声と共に股布にジトッと濡れ染みが広がり、クロトの指先もクチュリと淫靡に濡れる。愛らしくも敏感な反応にクロトはますますそそられて、スリッスリッとミールの恥丘を何度も指で撫で擦る。

「アンアンッ。きゃふっ、あひぃ～んっ。クロト、ダメッ。そんなとこ、そんなにイジッちゃダメェッ」

「フフ。そう言いながら、ミールの腰はクイクイ前に突き出ちゃってるよ。ふにふにのオマ×コ、イジッてほしくてたまらないんでしょう。エッチなんだね、ミールは」

「アッアッ、ちがう、ちがうのぉっ。身体がジンジンして、言うことをきかないのぉっ。勝手にピクピク動いちゃうのぉ～っ、んあぁぁ～っ」

ミールの言葉通り、その切なげな表情や声音とは裏腹に、ミールの両手は乳房をグニグニと揉み潰し、股間はクロトの指へ押しつけるようにクイクイと淫らに突き出されていた。

何度も指に擦れるうちに、股布の濡れ染みはすっかり大きくなり、ペットリと張りついた布からふっくらした恥丘がはっきりと透けて見えるようになる。その愛らしくも艶かしい膨らみにクロトはゴクリと唾を飲みこむと、ミールの腰に手をかけて一気に下着を引き下ろす。

「これが、ミールのオマ×コ……。ふっくらしてて柔らかそう」

「ふあぁっ……。み、見ないでぇ……」

　露わになった恥丘を感動しながらクロトはジッと眺める。その熱視線に焼かれ、乙女の膨らみがふるふると恥ずかしげに揺れる。

　そしてクロトはふっくらした大陰唇に指を当て、左右にクニッと割り開く。慎ましやかな縦筋は淫らな楕円に広げられ、小陰唇の内側の桃色の濡れた媚肉が丸見えになる。

「ミールのオマ×コのなか、ヒクヒクしてるよ。綺麗なピンク色が、トロトロの蜜にたっぷり濡れていて……なんだか、たまらなくなる……ネロォッ」

「あひぃっ？　はひぃぃ～んっ！」

　まるで花の蜜に誘われるミツバチのように、クロトは仄かな牝臭を漂わせるミールの秘唇に引き寄せられ、その桃色の媚肉をベロリと舐め上げる。その瞬間、もっとも敏感な粘膜を肉舌でねぶり上げられる強烈な感触がミールの身体の中心を走り抜け、ミールは甲高い悲鳴と共に軽い絶頂を迎えてしまう。

「ああ、ミールのオマ×コ、ますますピクピク蠢いちゃってる。穴の奥から、トロトロッてお汁が溢れてきたよ。オマ×コを舐められるの、気持ちよかったんだね。もっと舐めてあげるからね。レロッ。ベロッ、ネロォ～ッ」

「んひぃぃぃ～っ。あっあっ、はひっ、きゃひぃ～んっ。クロト、ダメッ、ダメェッ。そんなに舌を押しつけて、じっくり舐め上げないでぇ～っ。ひあぁぁ～っ」

　ネチョッネチョッとじっくりと舌で媚肉から快楽をこそぎ上げられて、ミールは乳房を握り締めながらビクビクと肢体をくねらせる。しかし淫術により発情した媚肉は感じている様を取り繕いもせず、ねぶられるたびに心地よさそうにヒクついては膣奥からトパトパと愛蜜を溢れさせてしまう。

　その艶かしい肉の味はクロトの獣欲をますます駆り立て、クロトは大口を開けて媚肉を丸ごと咥えこむ。そしてもにゅもにゅと恥丘を唇で揉みしだきながら、舌を伸ばしてうねる膣穴のなかへ差しこみ、内側からベロリベロリと舐めねぶった。

「んあぁぁ～っ。あっあっ、んはぁぁ～んっ。舌がっ、クロトの舌がぁっ。オ、オマ×コのなかへヌプヌプ入ってきてっ、なかをネチョネチョ舐め回してるのぉっ」

「ベロッベロッ、ジュパジュパ、ネロネロォ～ッ。ぷあっ。ミールのちっちゃなオマ×コのなか、ピクピク震えまくってるよ。すごく敏感なんだね。こんなちっちゃくてかわいい穴のなかに、僕のチ×ポが入っちゃうんだ……。痛くないように、たっぷりほぐしておいてあげるからね。ネリュネリュッ、ヌププ、ヌロヌロ～ッ」

「ひぃぃ～んっ。アンアンッ、はひぃ～んっ。クロトの舌が、奥までヌプヌプ入ってくるぅっ。あひあひっ、ひあぁぁ～っ。オマ×コ、いっぱいねぶられてるぅっ。オマ

×コの内側が、ピリピリ痺れてきちゃうのぉ～っ」

敏感な媚肉をこってりと舌でねぶり上げられ、媚肉の内側から痺れるような快感がピリピリと引きずり出されてゆく。ミールはクロトの執拗なクンニリングスによりたっぷりと快楽を掘り起こされ、清楚な美貌を悦楽で台無しにしてタラリと舌を垂らし、無意識に乳房を揉みたくりながらアンアンとはしたなく喘ぎ鳴き続けた。

数分に渡りこってりとミールの膣穴を内側まで舐めねぶったクロトは、ようやく満足すると口元を拭いながら顔を上げる。先ほどまで可憐な縦筋だった秘唇は、相変わらず小さめとはいえすっかり淫らな楕円に口を広げて媚肉を粘液でたっぷりと潤していた。

「ふう。これだけヌルヌルなら、ミールのちっちゃなオマ×コでもきっと痛くはないはずだよね。……いくよ、ミール。セックス、するね」

「ふあぁ……私、しちゃうんだ……。クロトと、セックスしちゃうんだね……」

しっとりと濡れた瞳をフルフルと震わせてクロトを見つめるミール。その視線は不安げではあったが、しかしそこに後悔の色は見られなかった。

クロトは勃起した肉棒の根元に手を添えると、ミールの膣口に亀頭を当て、ゆっくりと腰を突き出してゆく。だが肉棒も膣穴もあまりに濡れそぼっているためか、何度かチュルンと滑って挿入に失敗してしまう。

「んくぅっ。あ、あれ、入らない……。うっ、くあぁっ」

と、入り口で悪戦苦闘するクロトに、クイと腰が突き出される。苦戦するクロトを見かねて、ミールが真っ赤になった顔を横にそむけながらも、挿入の手助けをしてくれたのだ。ミールもまた処女だというのに、羞恥を押し殺してのその心遣いに、クロトの胸がカァッと熱くなる。

「ありがとう、ミール。いくよ……くう……うあぁぁぁっ！」

クロトは改めて冷静に見定めると、差し出された膣口に亀頭をツプツプと沈めてゆき、カリ首まで呑みこまれたところで呻きながらそのまま一気に腰を突き出した。

「んひぃっ！　あひぃぃぃぃーーーーんっ!?」

次の瞬間、ズヌヌッと勢いよく膣穴に侵入してきた肉棒にミールの処女膜はプツンと簡単に突き破られる。そしてその痛みを感じる間もなく肉棒はさらに奥へと進み、ミールの小ぶりな膣穴を簡単に埋め尽くして、亀頭が膣奥にズコンッと突き当たった。同時に弾けた瞼の裏に火花が散るような激しい衝撃に、ミールは白い喉を限界まで反らして甲高い絶叫を迸らせる。

「くあぁあっ。これが、ミールのオマ×コの感触……。あったかくて、ヌルヌルにぬめってて……これが、セックスなんだ……」

クロトは両目を閉じると敏感な肉棒全体に意識を集中させ、ミールの膣穴の感触をじっくりと味わい、感動に耽ってゆく。小さな膣穴が肉棒にパンパンに押し広げられ、それでも排除しようとすることもなくしっとりと優しく包みこんでくれている様は、ミールの心根の優しさに触れているようでなんとも言えぬ幸福感をクロトにもたらしてくれた。

「ふあぁぁ……おなかに、クロトのがいっぱいぃぃ……」

一方のミールは、膣穴をいっぱいに押し広げる圧倒的な感覚に、瞳の焦点をふわふわと漂わせて呆然としていた。淫術の効果であろうか、書物にあったような初体験における破瓜の痛みは、ほとんど感じなかった。むしろその後の膣奥を突き上げる強烈な感覚に、破瓜の痛みはどこかに吹き飛ばされてしまったようだ。今はみっちりと膣穴を広げられる感覚で、ビリビリと全身が痺れてしまっている。

「ミール、大丈夫？　痛くなかった？」

「あ……う、うん……。おなかが広げられてる感じがして少し苦しいけど……だいじょうぶ……」

心配そうに顔を覗きこんでくるクロトに、ミールはぎこちなく笑みを返す。クロトはほっとしたように笑みを浮かべると、ミールの背中に両手を回してその肢体をギュウッと抱き締めた。

「僕たち、セックスしちゃったんだね……」

「うん……」

クロトが呟くと、ミールはコクンと小さく頷き、クロトの胸板に頬を寄せる。そして意外な言葉を呟いた。

「……ごめんね、クロト」

「えっ？　あ、あの計画のこと？　気にしなくてもいいよ。僕だってレイア様たちを守りたいし、ミールにだけ責任を背負わせるなんてできないから」

「ちがうの……。それもあるけど……初めての相手が、私になってしまったこと。クロトは……レイア姉さまやライカ姉さまに、憧れていたでしょう？」

「ミール……」

ミールの呟きに、クロトはドキリとする。慌てて否定しなければと一瞬考えたが、しかしそれもまた嘘になると思い、クロトは言葉を呑みこむ。そして改めて、今の素直な気持ちをミールに告げた。

「レイア様に憧れていなかったかと言われれば嘘になるし、ライカ様もすごく魅力的だと思ってるのは本当だよ。それは、ミールの言う通りだと思う。けど……僕は、ミールが初めての相手だったことに、後悔なんてないよ。子供の頃からいつも側にいてくれたミールが、僕は……ずっと、大好きだっだから……」

「クロト……ありがとう……」

その好きがただの情なのか、それとも愛がつくものなのかは、正直なところ今のクロトにははっきりとはわからない。だが、こうして二人繋がり合ったまま寄り添っていることで感じている幸せを思えば、それは決して後悔するようなことではなかった。それに、赤らめた顔を胸板に埋めて隠しているミールの愛らしさに、クロトはレイアやライカの美貌に勝るとも劣らない魅力を今はっきりと感じていた。

「ミール……キス、してもいい？」

クロトはミールの顎に手をかけ、そっと唇を近づけてゆく。ミールもまた求められるままにツイと唇を差し出したが、ハッとなって顔をそむけてしまう。

「ミール？」

「いや……私の顔、今すごくいやらしい状態になってる……」

己の顔が精液塗れになっていることを思い出し、ミールは俯いてしまう。先ほどたっぷりと放出した白濁は、これも淫術の効果なのか、いまだ完全には乾かずにネットリとミールの愛らしい顔にへばりついたままであった。

それを見たクロトはクスッと笑うと、ミールの両手を取ってその手のひらを再び顔に触れさせる。

「僕が射精したものだもの。僕は気にしないよ。でも、どうしても気になるんだったら……両手でしっかりザーメンを拭ってから、舌で舐め取って、のんじゃおっか。ゴックンッて」

「ふぁ……。そ、そんな……はしたない……。アンッ。アァン……ヌルヌル、させないでぇ……んあぁ……」

戸惑うミールに構わず、クロトはミールの黒手袋に包まれた手のひらをその精液に塗れた愛らしい顔にベチョリと押しつける。そうして先ほどより念入りにネチャネチャと白濁を手のひらで拭い取らせてから、こってりと残滓に塗れた手のひらを唇に突きつける。

「ほら、ミール……舐めて、僕のザーメン。ベロォ～ッて、いやらしく……」

「ふあぁ……レ、レロォ～ッ……。あむぅんっ。濃くて、ドロドロなのぉ。口のなかにネチャネチャ絡みついて……口のなかが、ジンジン疼いてくるぅ……」

特濃精液を舐めさせられ、敏感な口内粘膜に濃厚な白濁がこってりとへばりつきながらジクジクと侵食してゆく。ミールは疼く口内と舌にハァハァと息を荒くしながら、しかしいつしか目元をうっとりと赤く染めて舌を垂らし、濡れそぼった手袋に包まれた手のひらをネロリネロリと舐め上げる。

「んぷあぁ、レロッ、レロォッ……あむぅ、クチュクチュ、ゴクンッ。ふあぁん、ザーメン濃いのぉ、ドロドロなのぉっ……ネロッネロッ、チュパチュパッ。チュルチュル～ッ、ゴッキュンッ」

気づけばミールは夢中になって顔にへばりついた精液を拭い取っては舌で舐め取り、嚥下していった。うっとりと白濁を呑み下すたびに膣穴がキュキュッと締まり、淫らな精飲姿に興奮してますますガチガチにいきり立つ肉棒を心地よく食い締める。

「チュルチュルッ、チュポンッ。……ふあぁ。クロト、綺麗になったよ……」

やがて指の一本一本まで精液をしゃぶり取ったミールは、どこか残念そうな顔をしながら口をポッカリと開き、クロトにぬらつく口内粘膜を見せつける。

するとクロトはクチュクチュと口内をうごめかせて唾液を増産し、ミールの開かれた唇の間にタラタラと垂らしてやる。

「さあ、ミール。これでお口のなかから、ザーメンのニオイを消しちゃおう。たっぷりグチュグチュしてね」

「うん……えあぁ～……。あむぅ……クチュ、クチュ……ゴッキュンッ。ぷあぁ」

ミールはクロトに促されるがまま唾液で口をゆすいで口内の精臭を消し、そしてその唾液をゴクンと嚥下する。精臭を嗅がれるよりよほど羞恥を煽られる行為であったはずだが、口内粘膜に白濁を染みこませているうちにその倒錯感に脳髄までグチュグチュに蕩けさせられ、ミールは正常な判断ができなくなっていた。

再びぽっかりと開かれたミールの口内には白濁は残っておらず、二人の唾液が混ざり合ってヌラヌラと淫靡に照り輝いていた。それを見たクロトはゴクリと唾を飲みこむと、ミールの唇をムチュウゥッと獰猛に塞いでしまう。

「くうぅっ。いやらしいよミールッ。ジュルジュル、ジュパッジュパッ。ネトネトでヌルヌルのミールの口のなか、まるでオマ×コみたいで、もの凄く興奮しちゃったよっ」

「あぷぷぅっ。ムチュムチュ、チュパパッ、むぷぅ〜んっ。いやぁ、お口がオマ×コだなんて、そんないやらしいこと言わないでっ、ふむむぅ〜んっ」

口を膣穴同然と揶揄されて、ミールは途方もない羞恥に頭がクラクラし、ピクピクと肢体を捩る。しかしその羞恥が倒錯した興奮を呼び起こし、ミール自身からもムチュムチュとクロトの唇に吸いついてしまう。

クロトはいつしか接吻だけでは興奮を抑えられなくなり、ミールに覆いかぶさりながら腰を前後させ、ズヌッズヌッと膣穴に肉棒を抽送しはじめる。ミールはアンアンと甘い鳴き声を上げながら、クロトの両肩にしがみつき、懸命にその唇を差し出してゆく。

「ムチュムチュッ、ジュパッジュパッ。くうぅっ、ミールのオマ×コ、僕のチ×ポにキュムキュムッてすがりついてくるよっ。激しくズポズポしてるのに、突き入れるたびにちっちゃなオマ×コが全体でムギュムギュッて抱きついてくるっ。うあぁっ、最高に気持ちいいよ、ミールの甘えん坊オマ×コッ」

「チュパチュパッ、アンアンッ、ひあぁ～んっ。そんな、オマ×コが甘えん坊だなんて、アッアッ、恥ずかしいよぉ、あぁ～んっ。ひゃうぅっ、オマ×コの奥、グリグリしないでぇっ。オマ×コしびれて、おかしくなっちゃうぅっ。アッアッ、んあぁっ、ふあぁ～んっ」

はしたない肉体の反応に、頬を赤らめて顔をそむけようとしたミールであったが、深々と埋めこまれた肉棒にのの字を描くように膣奥をグリグリと嬲られて、たちまち快楽に腰砕けになってしまう。

初めての性交であったが、クロトは本能的にミールの肉体が悦ぶ動きをつかむことができていた。それはクロトの素養もあろうが、淫術を施されたミールの肉体が無意識ながらもより深い快楽を味わうために、細かく身をくねらせながら肉棒を感じるポイントへと誘導していることも大きかった。

だが共に初めて同士の二人はそんな肉体の反応に気づくことなく、ただただ夢中になって腰を揺らし互いを深く求め合う。

「ああっ、ミールッ。セックスすごいよっ、気持ちよくてたまらないよぉっ」

「アンアンッ。わたしもすごいのっ。オマ×コがビリビリしてっ、疼いてたまらなくなってるのぉ～っ」

クロトがズボッ、ズボッと膣奥を穿つたびに、大きく開かされたミールの足がピンと伸び、ヒクヒクと淫らに震える。クロトはミールの華奢な肢体を上からすっぽり包みこみながら、勢いよく腰を叩きつけて膣穴深くまで肉棒を挿し貫き、膣襞の淫らな蠢きを肉棒の根元深くまでたっぷりと味わい尽くす。

そうして敏感な肉棒でぬめる柔襞の極上の感触を堪能し続けていると、やがてクロトの背筋を強烈な射精欲求がゾクゾクッと駆け上がってくる。クロトはミールの腰に腕を回すとその肢体をグッと引き寄せてより深く肉棒をはめこみながら、絶頂に向かって懸命に腰を振りたくる。

「くうぅ～っ！　ミール、イクよ、イキそうだよっ。このまま中で出しちゃうよっ。ミールのぴったり吸いつくちっちゃくてかわいいオマ×コを、僕のザーメンでパンパンに埋め尽くしてあげるっ」

「アンッアンッ。出されちゃうっ、中出しされちゃうぅ～っ。わたしのオマ×コ、アッアッ、完全にクロトのモノになっちゃうのぉ～っ」

膣内への射精宣言に、ミールは背筋をブルブルッと震わせる。しかしミールは逃れるどころかその足をクロトの腰に絡めて、自分自身の手で逃れられないようにしっかりと固定してしまう。肉棒を包む膣襞もまたますますヌチュヌチュと淫らに濡れそぼり、射精に向けてビクビクと震える肉幹にさらなる快楽を送りこむようにねっとりとまとわりついてゆく。

「くあぁ〜っ！　ミールのエッチなオマ×コ、僕のチ×ポにムチュムチュむしゃぶりついてるっ。出すよ、射精するよっ。ミールのオマ×コに僕のザーメンをいっぱい染みこませちゃうよっ。くふあぁっ、ミールッ、大好きだよぉっ！」

身体がバラバラになりそうなほど強く抱き締められながら耳元でそう叫ばれて、ミールの胸の奥と子宮がキュウンッと切なく疼く。そして次の瞬間、ズップリと膣穴に埋めこまれた肉棒の先端がズグンッと子宮口に深々と填まり、そのままドビュッドビュッと熱く粘ついた白濁を膣奥めがけて勢いよく噴射しはじめる。

ブビュッドビュビュッ、ビュクビュクッ、ビュルビュルビュルーッ！

「ひあぁぁぁ〜〜〜っ!?　あついっ、あついのぉーっ！　オマ×コあついぃっ、ドピュドピュ出てるぅっ！」

膣奥でブビュブビュと噴射された精液は、度重なる抽送で発情しきった敏感な子宮口や膣襞にベッチャリと貼りつくと、強烈な熱を持ってジクジクと苛んでゆく。

クロトは射精の強烈な快感に心奪われたままミールの肢体をガッチリと抱きすくめているため、ミールは無防備に灼熱の白濁をドバドバと敏感な媚粘膜へ撃ちつけられ続けてしまう。やがて膣襞の疼きは狂おしいほどに全身へ燃え広がり、ミールは甲高い牝鳴きを上げ、おとがいを反らして強烈な絶頂を迎えた。

「はひぃぃぃぃ〜っ！　イクッイクッ、オマ×コイクッ、イクウゥゥーッ！　ザーメンしゅごいよっ、ドピュドピュ出てるのっ、ビチャビチャ奥に当たってるのぉ～っ！　オマ×コあついのっ、ビクビクがとまらないのぉっ。アッアッ、あひぃっ、はひぃぃぃ～んっ！」

脳天を電撃のような強烈な絶頂に何度も何度も貫かれて、ミールの瞳はクルンと裏返り焦点を失い、白い喉は仰け反ったままヒクッヒクッと痙攣する。これまで書物で蓄えてきた知識も何もかもが圧倒的な快楽の前に脳から押し流されてゆくようで、ミールはすがるようにクロトの肩にしがみつき、カリカリと爪を立てる。

「うあぁ、ミールのオマ×コ、中出しされてビクビク震えながらキュムキュムってチ×ポに吸いついてくるよ。ミールもイッちゃったんだねっ。うれしいよっ、ムチュゥッ、チュパチュパッ」

初めての膣内射精の快楽に酔いしれていたのはもちろんだが、ミールを性交によって絶頂に導くことができたというその事実がまた、クロトに男としての自信を大いにつけたのと同時に、えも言われぬ充足感を持って射精の快楽をより深いものにしてゆく。クロトはドプドプと射精を続けながら、力なく仰け反ったミールの首を引き寄せてその唇にネットリとむしゃぶりついた。

「んぷんぷ、はむぅんっ。ふあぁ、イクゥ、またイクゥ～ッ。んむんむ、チュパパッ。オマ×コドロドロなのにぃ、ヒクヒクがとまらないのぉ～っ」

「ムチュムチュッ、ジュパパッ。ミールのアクメオマ×コ、ピクピクイキながら僕のチ×ポをムギュムギュ締めつけてるよっ。僕の中出しザーメン、大好きになっちゃったんだね。僕もミールのかわいいオマ×コ、きもちよくって大好きだよっ。うあぁ、また、また出るよっ。ミールが満足するまで、何度でも射精し続けてあげるからねっ。くうぅっ、出るっ、またザーメン出るぅ～っ」

「はひぃいぃぃ～んっ！　ビチャビチャあたってるぅっ。オマ×コしゅごいぃっ、しゅごいのぉ～っ。ザーメン何度もドピュドピュされてぇ、オマ×コイキっぱなひになっひゃうのぉ～っ、はへぇぇぇ～っ！」

膣穴のなかで肉棒が震え精液が噴射されるたび、ミールは喉を仰け反らせて蕩けた牝声を上げ、ビクビクと絶頂で肢体を痙攣させる。

クロトはミールの蕩けきったアクメ顔をうっとりと見つめながら、その膣穴に何度も何度も精液を注ぎこみ、ミールの子宮に想いの証を刻みこみ続けたのだった。

第二章　罠　幻夜草だけが見ていた

初めて結ばれたその後も、二人は夜通し身体を寄せ合い、互いを何度も求め合った。クロトは淫術を試すという大義名分の下、ミールの華奢な肢体を思う存分貪り尽くした。媚毒に抗うための淫術による防護を施すには、対象がその身に深い絶頂を味わった経験が必要である。という記述を根拠に、クロトはミールの肉体を何度も絶頂に押し上げ淫らに喘ぎ鳴かせ続けた。

クロト自身、自分がここまで性の快楽に貪欲だったとはこれまで思いもしなかった。だが、ミールが初めて見せる愛らしくも悩ましい表情が、クロトを狂おしいほどに滾らせ続けた。それが淫術の効果なのか若さからくる衝動なのかはクロトにはわからなかったが、なるほど淫術が秘術として封印されていた理由もなんとなく理解できた気がした。

夜が明けてさらに翌日の昼過ぎまで繋がり合っていた二人であったが、やがてとうとう体力の限界を迎える。気づけば二人は意識を失い折り重なったまま、泥のように深い眠りに落ちていた。

それから夜になってようやく目を覚ました二人は、湯浴みをして互いの体液でドロドロになっていた身体を洗い流す。その後、身支度をして屋敷を出ると、夜の闇に紛れて馬を走らせ幻夜草の咲く花畑へと向かった。

「うわぁ……夜に来たのは初めてだけど、綺麗だね……」

「うん……本当に、幻みたい……」

澄んだ小川の側に広がる幻夜草の花畑。その無数の可憐な桃色の花々から立ち昇った花粉が月光に照らされてキラキラと照り輝く様子は、なんとも幻想的で美しかった。

二人はしばし互いの手を握ったまま、その光景をうっとりと見つめていた。

それから二人は屋敷の地下室から持ち出した古書を手に、花畑を四角く囲むように大木の根元や小川の淵など、東西南北それぞれ四カ所にポイントを定めると、その地面へ魔力をこめた短剣をザクッと差しこんでゆく。

「それじゃ、いくよミール……」

「う、うん……おねがい……」

クロトはミールから愛用の短剣を受け取ると、その短剣でミールの身につけたマジックドレスの股間部分にスッと切りこみを入れ、穴を開けてしまう。そしてクロトは立ったままミールの腰を抱き寄せると、その唇を貪りながら指でミールの秘唇をクチュクチュと掻き回し始める。

「あむ……チュパ……ミール……んっ……」

「んぷぁ……はむぅん……んむぅ……んあぁぁぁっ！」

この一日ですっかりその身に快楽を刻みこまれたゆえか、それとも月明かりの下の野外での大胆な行為による背徳的な興奮のためか。ミールはほどなくしてピクピクと肢体を震わせると、軽く絶頂し秘唇から愛液をプシャプシャとしぶかせる。

すると、地面に刺さった短剣に愛液がたっぷりと降り注ぎ、短剣の刃が一瞬ポウッと鈍い光を放つ。

「……これで、いいのかな？」

「ハァ。ハァ……だ、大丈夫なはず……」

「そっか。それじゃ、次の場所に移ろう。ミール、歩ける？　肩につかまって」

「う、うん……」

そうして二人は残り三カ所でも同様の行為を繰り返す。これで四本の短剣を触媒に、幻夜草の花畑を淫術による結界で包む下準備が整った。

「あとは騎士団のみんなが、ここにやってくるのを待つだけだね」

「それは、私が責任を持って果たしてみせる……」

「うん。信じてるよ、ミール」

緊張に顔をこわばらせるミールの頬にクロトがそっと唇を重ねると、ミールはふっと柔らかく表情を崩す。それから二人は、短剣を刺した北のポイントのすぐそばに立つ大木に並んで寄りかかると、身を寄せ合いながら休み、夜を明かした。

そして翌朝、ミールが王城へ戻らねばならぬ時間となった。出立前に、ミールはクロトにもう一つ頼みごとをする。

「転移の魔方陣？」

「そう。騎士の皆を十人も私たち二人で運ぶのは無理だし、誰かの目についてもいけないから」

「わかったよ。そっちの準備は僕がしておくね。でも、転移先はどうしようか。僕の屋敷ってわけにはいかないし……」

クロトの質問に、ミールは兼ねてから考えていたことを提案する。

「それなら、ちょうどいい場所がある……」

ミールが王城に戻ったその翌日、騎士団では出陣の儀式が執り行われた。各員、教会の神官によって女神の祝福を施された鎧をまとい、女神像の前で勝利を誓う。

「姫百合騎士団、出陣！」

そしてレイアの勇ましい号令と共に、騎士団の精鋭たちは王都を進発した。平和が続く昨今では道中に魔物や賊に襲われる可能性は高くはないものの、それでも騎士たちは警戒を怠らず慎重に馬を進めてゆく。

その道中、いつもは先陣に立ちたがるライカが今日は最後尾でどこかよたよたと馬を走らせているのに気づいたレイアは、ライカの隣に馬を寄せる。

「どうしたのですか、ライカお姉様。なんだか、様子がおかしいですよ」

「ん？　ああ、なんでもないよ」

そう笑ってみせるライカだが、その顔は紅潮し、額にはうっすらと汗が浮かんでいた。

「本当ですか？　息遣いも荒いですし、身体が小さく震えているように見えます。……本当のことをおっしゃってください、お姉様。私は団長として、団員の安全を守るため、その状態を把握しておく責務があります」

レイアはそう言うと、まっすぐにライカの目を見つめる。一瞬ドキリとしたライカだが、再び笑みをこぼしてレイアの肩をバンバンと手で叩く。

「心配しすぎだって。ケイトをあんな目に合わせた魔物に借りを返せるかと思うと、武者震いが止まらないだけさ。さ、張りきっていこうぜ」

ライカはそう言うと、手綱を打って集団の先頭へと進み出た。レイアは懸念は残るものの、それ以上は何も言わずその後ろ姿を黙って見つめた。

しばらく馬を走らせていると、幻夜草の花が群生する平原へと差しかかった。するとミールがレイアの隣に馬を寄せてくる。

「レイア姉さま、いったん休憩にしましょう。この近くには小川もありますし……」

「そうですね。わかりました。……進軍やめ！」

レイアの号令で、騎士たちは進軍を停止する。そして騎士たちは思い思いに休息を取り出す。馬に小川の水を飲ませる者や、花畑に吹く心地よい風に伸びをしながら身を晒す者。騎士の顔をひと時忘れて安らぎの表情を見せる少女たちを遠巻きに見ながら、ライカは一本の大木に寄りかかり、だるくなった身体を休ませた。

「……ふう。なんとかレイアには気づかれずに済んだみたいだけど……さて、この調子でどこまで戦えるものか」

ため息を吐きながら、ライカは己の右手を見る。あの日、ケイトの身体から飛び出した小さな魔物を握り潰してから、その右手は自慢の力の半分も発揮できないようになっていた。

あれから右手はじんわりとした甘い痺れに四六時中苛まれ、今ではその痺れは全身にまでじわじわと伝播しているように思える。夜ベッドに入っても眠りは浅く、乳首は常に平常時よりも硬くしこってしまっている。

加えて行軍中に、馬の背に揺られるたびに胸のプレートの内側が擦れ、秘唇は布地の上から鞍に何度も軽くノックをされて、乳首だけでなく全身が切なく疼いてしまい健康的な褐色の肌はしっとりと汗ばんでしまっていた。

それでも、ライカは自分の身体の状態を素直にレイアに告げるわけにはいかなかった。そんなことをすれば、自分は今回の討伐任務から外されてしまう。ケイトは今も意識が戻らぬまま、媚毒に肉体を焼かれて悶え苦しんでいる。そんな目に合わせた借りを、なんとしてもこの手で返してやりたい。

それに、清らかすぎるレイアやおとなしいミールでは、女を狂わす媚毒を撒き散らすという魔物にいざ攻められた時に冷静に自分を保てない可能性がある。自分も処女ではあったが、まだその辺りの免疫は他の騎士たちより強いはずだ、とライカは考えていた。それが体調不良を隠して行軍に参加した理由であった。

心地よい風に火照った肢体を冷まされて、いくらか調子が戻ってきたようにライカは感じていた。この調子ならばと安堵したライカであったが、しかし気づけばそんな涼やかな風もやみ、いつの間にか再び、今度は先ほどまで以上に身体が熱く火照り始めた。異変を感じたライカが閉じていた目を開くと、目の前の空気は靄がかかったようにユラユラと揺れ、うっすらと桃色がかっていた。

「これは……罠かっ？」

その空気の変化に作為的なものを感じたライカは、慌てて大剣を手に立ち上がろうとする。しかし両手両足はいつの間にか鉛のように重くなっていた。それでもライカは大剣を杖代わりにしてよたよたと立ち上がる。だが逞しい太股はブルブルと震え、呼吸は荒く乱れて立っているのもおぼつかない。

「くうぅっ……だ、誰がこんな……。もしや、魔物がこんなところにまで……？」

ライカは必死で身体を支えながら首を巡らせ周囲を見渡す。と、いつからそこにいたのか、大木の陰にフードをかぶった小柄な人影が見えた。その口元が小さく動いているところを見ると、魔術を詠唱しているようだ。

「くそっ。アタシら騎士団を直接狙ってるってわけか……。ハァ、ハァ……。あいにくだけど、そう簡単にやらせはしないぜ……くうぅっ……」

ライカは懸命に身体を引きずり、詠唱を続ける魔術士へ向かって一歩、また一歩と歩みを進めてゆく。魔術士はライカの動きに気づいたのかビクンと反応したが、しかしその場を離れずにますます詠唱を早めてゆく。

「逃げ出さないとは、いい根性してるじゃないか……気に入ったよ……。けど、アタシを甘く見すぎたようだなっ」

ライカは吼えると、弛緩しつつある身体から残された力をすべて振り絞り、大剣を構えて地を蹴ろうとする。だがその行動に集中しすぎたゆえに、周囲への警戒を一瞬怠ってしまう。今まさに地面を蹴ろうとしたその時、何者かがライカの背後へ忍び寄り、ライカに抱きつくとその豊満な乳房をムギュウゥッと揉み潰した。

「ンアァァッ!? だ、誰っ、アヒィッ! む、胸を揉むなぁっ、アァアンッ」

背後の人物はライカより遥かに小柄で、褐色の爆乳に食いこんだしなやかな細い指を見ればどうやら若い女のようだ。

ライカはなんとか女を振りほどこうと身体を揺するが、劣情に支配された肉体は本来の力の十分の一も発揮できず、女を振りほどくどころか愛撫の手から逃れることもできない。

「やめっ、やめろぉ……ンハアァッ、そんな……アタシがこんな、こんなに簡単にぃ……ンアァァ～ッ」

ライカは腰砕けになりそうな身体を支えるため、大剣を地面に突き刺して必死に両手で柄にすがりつく。だがその逞しい太股はすっかり内股になってガクガクと震え、ぐっしょり濡れそぼった股間から染み出た愛液が腿の内側をベットリと汚してしまっていた。視界はぼんやりと歪み、唇からは熱い吐息が漏れ出てしまう。

必死で快楽に耐え続けるライカに、しかし女の手はますます激しさを増しライカを追い詰めてゆく。ビキニアーマーの胸プレートの内側に潜りこんだ両手はグニグニと褐色の爆乳を揉みしだき、膨らんでしまった乳輪をクニュクニュ押し潰す。

「ハヒィッ？　む、胸があついっ、はじけるぅっ！　く、くそっ！　こんなんで負けるか、負けられないんだっ……アタシはレイアを、ミールを守らなくちゃ……ンヒアァッ、乳首しびれるぅ〜っ！　んへあぁぁ〜っ！」

最愛の妹たちを思いつつ懸命に自分を奮い立たせるライカであったが、ピンピンに尖りきった乳首を細い指で容赦なく扱き立てられてあえなく嬌声を漏らしてしまう。

限界までライカを追い詰めたのを悟ったのか、その女はライカの耳元に唇を寄せると、そっと小さく囁いた。

「……ごめんなさい」

その声音にどこか聞き覚えがある気がしたライカであったが、声の主の正体を頭に思い浮かべるより早く、カツンと股間に鋭い衝撃が走る。そして衝撃は電撃のように脳天まで駆け抜けると、絶頂となってライカの肉体を一瞬にして狂わせた。

「おひぃっ!?　おほっ、んほおぉぉーーーっ！」

ライカはビクビクと全身を痙攣させながら、瞳をクルンと裏返らせ大きく開いた口からベロンと舌を突き出して、凄艶な絶頂顔を晒して獣のように淫らに咆哮してしまう。そのイキ顔があまりに淫らだったのだろう、詠唱を続けていた正面の魔術師がゴ

クリと唾を呑みこんだのが一瞬目に入る。しかしその隙を突くこともできず、ライカの意識はそれを最後に、プッツリと途切れた。

「んあっ、あが、か………くひぃ……」

褐色の美脚はガクガクッとひときわ大きく震え、そしてそのまま崩れ落ち、ライカは四つん這いに地面に突っ伏した。豊満な肉尻はムッチリと天を向いて突き上げられ、股間を覆うビキニアーマーの隙間からはプシャプシャと透明な蜜が吹き零れる。媚毒によりその肉体を淫らに蝕まれていたライカは、背後から女に股間を膝で突き上げられて、絶頂し意識を失ってしまったのだった。


レイアは草原のなかでしばし瞳を閉じ、そよぐ風に美しい金の髪をなびかせながら、来るべき戦いに向けて精神を研ぎ澄ましていた。

だが突然、艶かしい牝の絶叫が響き渡りその耳をつんざく。

「んほおぉぉーーーっ！」

「ハッ!?　ライカお姉様っ？」

レイアは素早く腰の鞘に手を伸ばし、いつでも剣が抜けるように身構える。と、周囲の空気がネットリと重くなり、視界が靄がかかったように桃色に歪んでゆく。同時にレイアの肉体にもまたその身を屈服させようと、得体の知れぬ粘ついた空気がまとわりつき始める。

「くぅっ！　これは、魔術？　敵襲ーっ！」

危険を察知したレイアは鞘から剣を抜き、声を張り上げる。しかし、その声に応えるものは誰もいなかった。

「な、なんということなのっ？」

周囲を見渡したレイアは呆然とする。王国の誇る精鋭の女騎士たちは皆、花畑のなかで無様に倒れこみ、弛緩した肉体をピクピクと痙攣させていたのだ。その瞳は焦点を失ってふわふわと宙を彷徨い、だらしなく綻んだ口端からはタラリと唾液すらこぼれている。これがあの、女神に純潔を捧げた高潔なる女性騎士の姿だというのか。

「くはっ！　あうぅっ」

そうするうちにもさらに淫らな空気は色濃くなり、レイアの肉体を底無し沼へと引きずりこもうとするかのようにネットリと執拗にまとわりつく。レイアの身体はこれまで経験したことのないほどカァッと熱く燃え上がり、焼けるように肺が熱くて呼吸さえもままならない。

そしてレイアは気づく。倒れた騎士たちの表情が、あの日王城まで辿り着くも報告を終えた後に悶絶して意識を失ったケイトと、同じものであるということに。

「くふっ、んくぅっ……まさか、これも魔物の仕業だというのですか。これほど簡単に、接近を許すとは……くふぅんっ……」

昼から漏れる甘い吐息を懸命に噛み殺しながら、レイアは必死に周囲を窺う。すでに騎士団のメンバーで立っているものは自分だけのようだ。だが、魔物の仕業だとしてもその姿はどこにも見えない。レイアは静かに目を閉じ、空気の動きを探る。

すると、魔術の素養のないレイアではあったが、ちょうどライカの悲鳴が聞こえた方向から不自然な空気の淀みが発生しているように感じられた。

「そこかっ！」

レイアは剣を正面に構え、艶かしい空気に全身を蝕まれているとは思えないスピードでその淀みの中心へと突風のように駆け抜けてゆく。

と、その視界に大木の傍らで四つん這いに倒れこみ意識を失ったライカの姿と、大木の陰で詠唱を続けるフードをかぶった魔術師の姿が映る。

「ライカお姉様っ!?　おのれぇぇーーっ！」

ライカの無様な姿が目に入った瞬間、レイアの身体を怒りが突き抜け、そのスピードがさらに倍加する。レイアは稲妻のような速度であっという間に魔術師との間合いを詰めると、そのままかざした剣を魔術師へと一直線に突き出す。

するとと猛烈な剣圧で魔術師のフードがハラリと捲れ、隠されていた素顔が露わになる。

「あ、貴方はっ!?」

その意外な正体に、レイアの剣は魔術師の鼻先ギリギリで停止する。しかしその躊躇は致命的な隙を生み、魔術師はそれを逃がさず両目を強くつぶると手にした杖に残る魔力をすべて注ぎこんで詠唱を完成させた。

「んひっ!?　んくっ、くうぅっ、んひあぁぁーーーっ!!」

その瞬間、周囲の空気が濃い桃色に染まり、レイアの足の先から脳天へとビリビリッとこれまで味わったことのない電撃のような刺激が駆け抜ける。

苦痛とも悦楽ともつかぬその鮮烈すぎる感覚に貫かれ、レイアはガクガクと美脚を震わせ、悶絶する。

それでもしばし剣を握った手を放さずに立ち尽くしていたレイアであったが、背後から何者かにトンと肩を叩かれるとその瞬間、瞳がクルンと裏返る。やがてレイアの手からこぼれた剣が地面に落ちてカランと音を立て、そしてレイアもまた意識を失いそのままその場にガクリと崩れ落ちたのだった。

「…………ぷあぁ～っ！　こ、怖かったぁ……」

ようやく緊張から解放されたクロトは、思いきり息を吐き出すとへなへなとその場にへたりこんだ。

「お疲れ様、クロト。……よく姉さまの突撃から逃げなかったね。すごかった……」

気絶したレイアを抱えて大木に寄りかからせたミールが、その勇気に感心しながら頼もしそうにクロトを見つめた。

「いや、あの瞬間、どこに逃げてももうダメだと思ったからさ。それならとにかく結界に魔力を注ぎこんで、どうにかするしかないと思って。……ハハッ。腰が抜けちゃったよ」

頬を掻きながら苦笑するクロトだが、その覚悟が言葉ほどに簡単なことではなかったのは額から噴き出した冷や汗を見ればすぐにわかった。ミールはクロトの前にしゃがみこむと、ハンカチを取り出し額を拭ってやる。

「それに、ミールが助けてくれなかったらどうなっていたかわからないよ。やっぱりすごいね、レイア様もライカ様も」

淫術に火照る身体を意識を失いながらもくねらせているレイアとライカを見つめ、クロトは感心したように呟く。

「うん……本当にすごいと思う。でも……そんな姉さまたちでも屈せざるをえなかったのだから、やっぱり淫術はとても強力な術で……そんな術でないと対抗できない魔物が相手なのだから……たとえ後で恨まれたとしても、あのまま行かせなくてよかったって、本当に思うの……」

罪悪感を押し殺しつつ、ミールが呟く。淫術に耐え抜きそうになったライカを篭絡し、そしてレイアにとどめの一撃を与えてクロトを救ったのは、ミールであった。

騎士にあるまじき背後からの襲撃に心は痛むが、しかしあれだけの猛者があぁも簡単に背後からの攻撃を許してしまった辺りが、淫術の効果の強力さなのだろう。

「ところで、ミールの身体は大丈夫なの？　ずっと結界の内側にいたけど……」

「身体が火照っている感覚はあるけど、平気……。淫術の防護が効いたんだと思う」

淫術結界は、クロトの立っていた位置の手前にそびえる大木から、幻夜草の花畑を包む数百歩ほどの間に張られていた。ミールは事前にそこから離れることもできたはずだが、あえて自らの肢体に淫術による防護を施した上で留まることで、淫猥な空気が充満する結界内でどれだけ正気を保っていられるかを身をもって試したのだ。

あのレイアの精神力をもってしても耐えきれなかった状況で、もどかしい身体の疼きはあれど、こうして理性を保っていられた。これならば、魔物の媚毒にもある程度は耐えられるはず。ひとまずの不安材料が解消し、ミールはホッと胸を撫で下ろした。

「クロト、立てる？　みんなを運ぶの、手伝って……」

「うん……ありがとう」

差し出されたミールの手を握り、クロトはなんとか立ち上がる。そして幻夜草の花畑のなかで意識のないまま火照った肢体をくねらせている女性騎士たちを、ミールと二人で大木のそばへとそっと運んでゆく。

　こうして改めて見ると騎士団の団員は皆、美人揃いであった。そんな強く美しい彼女たちが悩ましげな吐息を漏らして鎧に包まれた肢体を桃色に色づかせている様子はなんとも背徳的で、クロトは思わずゴクリと唾を飲みこんでしまう。

「……クロトのエッチ」

「ええっ？　ち、ちがうよぉっ」

　そんな興奮をミールにあっさり見抜かれてしまい、クロトは慌てて首を振った。

　レイアとライカ、そして七人の女性騎士たちを大木のそばに寝かせたミールとクロトは、その脇に立ち、二人同時に詠唱を開始する。すると大木の幹がぽうっと淡く光りだし、その光は枝葉までも眩く包みこんでゆく。

　それから数秒後。ミールとクロト、そして騎士たちの姿が、フッとその場から消える。先ほどまで立ちこめていた桃色の靄はいつの間にか霧散し、草原には爽やかな風が吹き抜けて、可憐な幻夜草の花を小さく揺らしたのだった。

第四章　ビキニ装甲の下は褐色爆乳

　ミールとクロトが騎士たちを転移させたのは、サンレマン湖の北の湖畔にそびえる古城であった。今は居住者が誰もおらずところどころ朽ちてはいるが、人の出入りがしばらくなかったためか、静謐な空気が張り詰めている。

　昨日騎士団に戻るミールと別れた後にクロトは一人この古城へと向かい、無人であることを改めて確かめると、転移魔術の移送先とするべく古城の中庭に魔方陣を記しておいたのだった。

　ひとまず騎士たちを地下牢へと運んで枷に繋いだ後、眠りの術をしっかりと施してから、ミールとクロトは地下を出て改めて城内を見て回った。

「このお城、こんなふうになっていたんだね。呪われていて魔物に攫われてしまうから絶対に近づいちゃいけない、って子供の頃はよく大人たちに教えられていたけど……」

無人の割には劣化の少ない城壁を見上げながらクロトが呟く。あまり崩れていないのは、城内にうっすらと魔力が充満しているからだろうか。

「その噂は、半分は当たり……。ここはかつて、淫術を悪用した魔術師が住んでいた場所……。たぶん城に近づいた若い娘を、さらって淫術の実験台にしていたんだと思う……」

「ええっ？　本当なの？」

クロトが尋ねると、ミールはコクンと頷く。確証こそないものの、クロトの屋敷の地下書庫で見た淫術関連の書籍を読む限り、その推理は間違っていないだろう。地下牢に放置されていた拘束具の数々が、罪人用というよりは淫らな調教器具のようなものばかりだったことも、ミールの自説に信憑性をもたらしていた。

「そっか……。そんな場所で、僕はこれから……。うう、なんだか本当に、自分がその悪い魔術師になったみたいだよ。血は争えないってことなのかなぁ」

肩を落としつつ自嘲気味に笑うクロトの、その手をキュッと握ってミールは首を横に振る。

「それは違うの、クロト……。クロトは私を信じてくれて……皆のために、その手を汚してくれた……。欲望に任せて淫術を使った魔術師とは違うよ……」

「ミール……。ありがとう」

ミールの優しい言葉が、沈みかけていたクロトの心を温かく包んでくれる。クロトはミールの手をしっかりと握り返すと、泣き言を呑みこみ、改めて覚悟を決める。

「それじゃ、まずはどうするの？　やっぱり団長のレイア様から説得する？　でも、あの罠自体も卑怯だったし、レイア様、怒るだろうなぁ……」

レイアは騎士道を具現化したような性格で、正々堂々が心情であり、卑怯な真似を何よりも嫌う高潔な女性だった。目を覚ましたレイアに投げかけられるであろう鋭い視線と言葉を想像すると、覚悟を決め直したばかりにもかかわらず、クロトは思わずため息を吐いてしまう。

「ううん。まずは、ライカ姉さまと話をしよう。ライカ姉さまなら事情を説明すれば、きっと協力してくれると思うから。レイア姉さまに話すのは、それからにした方がいい……」

「そ、そうだね。それじゃ、そうしようか」

どこかホッとしたような表情を浮かべ、クロトはミールに頷く。ライカは豪放な性格通り他者にも寛大で、きちんと理由を話せば二人の行為も許してくれそうだった。

実際レイアを説得するにしても、姉であるライカにも協力してもらった方がよいだろうとミールは考えていた。

いずれにしろ二人にとって、まずはライカの説得が急務なのであった。

いまだその意識は夢のなかに囚われたまま、じっとりと汗ばんだ肉付きのよい褐色の肢体を悩ましくくねらせ、ライカは湿った吐息を漏らす。

ここ数日、ライカはよく眠れていなかった。睡眠中もその肉体はとろ火で炙られているかのように常にジーンと火照り続ける。裸身で眠るのが習慣だったライカは、寝苦しさに寝返りを打つたびに衣擦れに反応して肢体をヒクつかせてしまう。

自慰でもすれば収まるかと自らの指で股間を慰めもしたが、軽く絶頂を迎えてもその後かえって肉体の疼きがひどくなるばかり。気づけば日を追うごとに、身体だけでなくその思考までもが桃色がかった淫らな衝動にじんわりと侵食され始めていた。

そして今、ライカの肉体はとうとう意志の力では抑えきれないところまで発情してしまっていた。意識を失う前に、脳天を貫くような鮮烈な快感が全身を駆け抜けたことはぼんやりとだが記憶にある。それ以降、その肉体は内部からカァッと焼けつくように燃え盛っており、乳首や秘所といった特に敏感な部位はわずかな空気の流れにすら反応してヒクヒクと痙攣してしまう。

ぬめった不定形の魔物に肢体をゆっくりと呑みこまれ、じわじわと少しずつその身を蕩かされてゆく。そんな淫らな夢に囚われながら、まどろんだ意識のなかでライカは何度も肢体をヒクつかせ、浅い絶頂を繰り返す。しかしいくら絶頂を迎えても肉体の火照りは収まらず、それどころか快楽の残り火が身体にじっとりとこびりつき、ますますライカを惑乱させる。

まるで快楽の無間地獄に堕ちたかのようで、ライカは逃れようと必死にもがくも、わずかに身体をくねらせることしかできず。いつ尽きるとも知れぬ快楽の波に無防備に晒されながら、ライカはすっかり緩んだ肉感的な唇から悩ましい喘ぎを漏らし続けていた。

このまま自分は緩やかに狂ってしまうのではないか。そんな恐怖すら感じ、しかしその恐怖もまた快楽の波に呑みこまれておぼろげになりかけていた、そんな頃。不意にライカの意識が、急激に覚醒しはじめる。額の辺りから温かな光が降り注ぎ、ネットリと意識を呑みこんでいた淫欲が取り払われてゆく。

そしてライカは、パチリと目を覚ます。だがその途端、まどろんでいた肉体もまた同時に目覚め、粘液のように蕩けていた快楽の流れが先鋭化して全身を襲いくる。

「んひぃっ！　んほおぉぉーーーっ!?」

気づけばライカは瞳をクルンと裏返らせ牝獣のような咆哮を上げて絶叫し、戒められたその肢体を絶頂にガクガクッと大きく跳ねさせてビクビクと悶絶していた。

「うわわっ!?　ラ、ライカ様、大丈夫ですか？」

心配そうな声と共に、ライカの肩がつかまれカクカクと揺さぶられる。その久方ぶりに味わう快楽以外の刺激に、桃色に侵食され半ば蕩けかけていた脳がようやく正常に働きだす。

何度か瞬きを繰り返して焦点を失っていた瞳に自由を取り戻すと、視界を潤ませながらも目の前の光景をどうにか映し出すことに成功する。するとそこには、ライカの額に手をかざしている愛らしい少年の心配そうな顔が間近に広がっていた。

「んく……んあぁ……クロ、ト……？」

「よかった、気がついてくれたぁ。ミール。ライカ様、気がついたみたいだよ」

「うん……よかった……」

ホッとした表情の少年が振り返った先には、末妹の姿があった。少年ほどの感情の起伏はないものの、そこには安堵の表情が読み取れる。

「ミールもいるのか……。アタシ、いったいどうしたんだ……？　ええと……城を進発して……川近くの花畑で休憩を取っていたら、そこで……ハッ？　ヤ、ヤツはっ!?」

意識が覚醒したことで記憶が整理できたライカは、気絶する前に魔術師から襲撃を受けたことを思い返し飛び起きようとする。しかし。

「んあぁっ!?　な、なんだ。動けないっ。うあっ？　ど、どうなってるんだ？」

身体の自由が利かないことに気づいたライカが視線を下ろす。するとその身体は石でできた椅子の上に乗せられた状態で、ビキニ状のアーマーを装備したまま鉄の枷で拘束されてしまっていた。

両の手首には小手の上から手錠をかけられ、頭の後ろで手を組まされており、ツルリとした無毛の腋が丸出しになってしまっている。両足はM字に開脚させられ、ブーツのまま一本の鉄の棒で足首を両方固定されていた。

「あ、ごめんなさいライカ様。今外しますから……」

「待ってクロト。そのままでいい……」

戸惑うライカを見て慌てた様子で枷を外そうとしたクロトを、ミールが制止する。

「ライカ姉さま。お話があります。窮屈で申し訳ないですけど……そのまま、話を聞いていただけますか?」

「アタシとしてはすぐに外してほしいところなんだけど……まあいいさ。話を聞こうじゃないか。なんでアタシは今こんな状態になってるんだい?」

ミールの真剣な視線に、ライカは身体を捩るのをやめて頷き返す。ミールは傍らで心配そうにしているクロトへチラリと視線を向けてから、ライカへと現在の状況を説明し始めた。

「……なるほどね。アタシたちはまんまとアンタたちにしてやられたわけだ」

「ご、ごめんなさい……」

苦笑しながらライカがぼやくと、クロトはすまなそうにしょげかえる。しかしミールは真剣な表情でライカを見つめ返す。

「騎士団の規律から言えば、私の行動は許されるものではありません。すべてが終わったら、後でどのような処罰でも受けるつもりです。……でも私は、間違った選択をしたとは思っていない。こうしなければ、姉さまたちも騎士団の皆も、助からなかったと思うから……」

ミールの瞳には、一点の曇りもなかった。あの引っこみ思案だったミールが、ここまで大胆な行動に出たことにライカは驚きを隠せなかった。しかし同時に、そんな末妹の成長が嬉しくてたまらなくなる。

「いいさ。アタシらはアンタたちの奇襲を見抜けなかったんだ。負けたヤツが何を言っても言い訳にしかならない。今回はアンタたちの勝ちってことさ。ま、レイアのヤツは納得はしないだろうけどね。ハハッ」

生真面目なレイアが妹にしてやられた事実を知ってどんな顔をするかと思うと、ライカは思わず笑みをこぼしてしまう。

「にしても、上手くやったもんだね。全然気づけなかったよ」

「……ライカ姉さまが万全の状態だったら、悟られていたかもしれません。でも……姉さまの身体は、周囲にまで気を配れるような状態ではなかった」

「おや。気づいてたんだ。レイアの目は上手くごまかせたと思ったんだけどね。ま、潔癖なレイアと違って、ムッツリスケベなミールには隠し通せなかったってことか」

「ム、ムッツリスケベなんかじゃ……」

ライカの軽口に、ミールは初めて表情を崩し顔を赤らめる。と、隣でキョトンとしていたクロトが不思議そうにミールの顔を覗き見る。

「え、えっ？　どういうこと？」

「……ライカ姉さまの身体は、魔物の媚毒に侵されているの。たぶんあの晩餐会で、ケイトの身体から飛び出た小さな魔物からレイア姉さまをかばった時から……」

「ええっ？　そ、そんな？　大丈夫なんですか、ライカ様っ」

ミールの言葉を聞き、クロトは驚きに目を丸くしてライカを見つめる。ライカは再び苦笑し、肩をすくめた。

「まったく、そこまで見抜かれていたなんてね。大したもんだよ、ミール。……ミールの言う通りさ。あの時からアタシの身体は、ちょっとおかしくなっちまってる。それでもケイトの落とし前をつけるまでは、だましだましでどうにかなるかと思ったんだけど……まさか、アンタたちに先にやられちゃうなんてね。ま、おかげで魔物に嬲られずに済んだんだから、感謝してるよ」

「ライカ様……。やっぱり、ミールの心配は当たっていたんだね。よかった……」

ライカの言葉に、クロトはホッと胸を撫で下ろしている。少なからず罪の意識が薄れたようで、その顔には笑顔が戻っていた。

「それで、だ。話のいきさつはわかったけどさ。どうしてアタシはまだ、拘束されてるのかな。解放してくれないのかい？」

ミールにそう尋ねると、彼女はいったん俯き、そして改めて顔を上げ、ライカの目をまっすぐに見つめて言った。

「……ライカ姉さまにお願いがあります。私たちに、協力してください」

「それはつまり……ミールと同じように、アタシもクロトに抱かれて女になれってことか」

「っ!?……は、はい……」

ライカの言葉にミールは一瞬驚いた顔をしたが、しかし否定はせずにコクリと頷いた。その隣では、クロトが相変わらずおろおろしている。

「あ、あの、違うんですライカ様っ。ミールはその、淫術の効果を確かめるためにですね……」

「別に違わないじゃないさ。アタシもレイアの横で報告は聞いていたんだ。淫術を施してもらうには、生娘《きむすめ》のままじゃダメだったんだろ。ま、ミールも大好きなクロトに抱いてもらう口実ができてちょうどよかったじゃないか」

「ラ、ライカ姉さまっ」

ライカのからかいに、ミールが今日初めて大きく取り乱す。仕方なかったとはいえミールの筋書き通りにいいようにやられてしまい少しシャクだったライカは、その慌てぶりに溜飲が下がり、ククッと笑みをこぼした。

「まあ、アタシはかまわないよ。それでケイトの借りを返せる力が手に入るんならね。それに、いつかかわいいクロトの童貞を卒業させてやろうとは思っていたしさ。ミールも、かまわないんだね？」

「……はい」

その確認に、ミールはチラリとクロトの顔を見て、そしてはっきりと頷いた。

シャインベルク王国は一夫多妻の国で、そして子供が生まれにくいこともあって、多数の女性との関係を倫理的に咎められることはなかった。ただ、やはり相手がライカほどの類稀なる美女であれば、愛する男性の視線を独占されてしまうかもしれないという嫉妬心は当然生まれるものだ。

しかしミールはその感情を呑みこんで、ライカに頷いてみせる。元よりそれは覚悟の上だった。仮にこういった事態のなかで結ばれたわけではなかったとしても、この国の女ならば皆、当然している選択なのだ。もっとも、その胸が少しだけもやもやしてしまうのは隠しようのない事実だが。

「わかった。じゃあ今度はクロトに聞くけど、アンタは私を抱きたいと思うかい？」

「ええっ？　そ、それは、その……」

クロトは傍らのミールをチラチラ見ながら言葉に詰まる。するとミールは、スッと部屋の出口へと移動する。

「姉さまが協力を約束してくれたのなら、もう私の出番は終わり。後はおねがいね、クロト」

「えっ。あ、うん……」

そのまま部屋を後にしようとするミールに、拘束されて振り返ることはできないながらもライカが声をかける。

「意地の悪いことを言って悪かったね、ミール」

「いえ……。私も、ライカ姉さまの気持ちは知っていますから」

そう小さく返すと、ミールは部屋を出ていった。

「アハハ……。アタシの身体の異状だけじゃなくて、心の方までお見通しってわけか」

自嘲気味に笑うライカを、しかし当のクロトは頭にいくつもハテナを浮かべて不思議そうに見つめていた。

「さて。改めて聞くよ、クロト。アンタは私のことを、抱きたいと思ってるのかい？　もちろん今は非常事態だ。あの子を守るためってことで、義理で抱いてくれたってかまわないさ。でもまあ、アタシだって初めてだし、少しでもアタシのことを想ってくれていた方が嬉しいのは確かだね」

「義理でだなんてっ。ぼ、僕は……。ライカ様のこと、とても魅力的だと思ってます。気さくで明るくて、剣も上手に扱えない僕にもとても優しくて……。ふざけてギュッって抱き締められた時も、本当はすごくドキドキしてました」

真っ赤になって本音を打ち明けるクロトの様子に、ライカは思わず顔が緩んでしまう。夜ごと身体を悩ませていた疼きとはまた違う、どこか甘い疼きを胸の奥に感じながら、ライカはクロトを呼ぶ。

「ハハッ。嬉しいね、そんなふうに言ってもらえるなんて。……おいで、クロト。アタシは今、自分じゃ動けないからさ。クロトの方からそばに来て……抱き締めてくれるかい？」

「は、はいっ」

クロトはライカに体を寄せると、椅子の上でＭ字に拘束された肢体にそっと手を伸ばし、ギュッと抱き締める。

「ああ……ライカ様の身体、ムッチリしていて……抱き締めていると、なんだかとっても気持ちいいです……」

「フフ……。アタシもクロトの体、温かくて気持ちいいよ……」

二人はしばし密着し、瞳を閉じて互いの体温を確かめ合ってゆく。そのまま少しの間、二人は互いの心臓の音を聞いていた。だが、媚毒により火照ったライカの肉体から普段以上にムンと濃密に立ち昇る牝の体臭が、クロトの雄の本能をいつしか刺激しはじめる。クロトはハァハァと息を荒げながら、ライカの目をじっと覗きこむ。

「ハァ、ハァ……ライカ様、僕……ライカ様の身体があったかくて、イイ匂いがするから……たまらなくなってきちゃいました。あの……キ、キス……しても、いいですか？」

今までライカのスキンシップに恥ずかしがるばかりであったクロトが、自らライカを求めてきた。その事実に、ライカの胸が甘く揺さぶられる。

「う～ん、どうしようかな」

「ええっ。そ、そんなぁ」

まさか断られるとは思っていなかったのか、クロトはなんとも残念そうな顔をする。そんな少年の反応に笑みを浮かべつつ、ライカはある提案をする。

「そうだねぇ……。ライカおねえちゃん、って呼んでくれたら、キスしてもいいよ。

昔みたいに、さ」

ライカは幼き日に、二人が出会ったばかりの頃のことを思い出していた。その頃のクロトはもっと積極的にライカに甘えてきていた気がする。様づけになり、一歩線を引いた間柄になったのは、いったいいつからであろうか。

その提案に少しだけ驚いた顔をしたクロトであったが、先ほどよりきつくライカの肢体をギュウッと抱き締めると、おずおずと口を開く。

「ライカおねえちゃん。……これでいい？」

いつしか呼び方以外にも、クロトの口調は甘えたものに変化して、いや、昔のように戻っていた。キュンッ、と胸が甘く疼いたのを感じながら、ライカが微笑む。

「よし。よくできたね、クロト。……さあ、キス、してもいいよ」

「ああっ、ライカおねえちゃんっ！」

ライカの許可を得たクロトは弾かれたようにライカの美貌に己の顔を近づけ、そしてその唇をライカの肉感的なプリッとした唇へムチュゥッと強く押しつける。

「はむぅっ。チュパッ、チュバチュバッ。……ぷあぁ、ライカおねえちゃぁんっ」

「んむぅん、チュウッ、んふあぁっ……。アァ、クロトォ……んふぅ」

ふざけて頬にしたことは何度もあったが、初めてクロトと唇同士を重ねたなんとも言えぬ温かな感触に、ライカは艶かしい吐息を漏らす。そうしてライカは小鳥の雛のように唇をねだるクロトに、何度もその唇を差し出していった。

シャインベルク王国において、褐色の肌は非常に珍しかった。辿ってゆくと、今より四代ほど前の王が、南方の王国からこの国へと迷いこんだ娘を娶ったことがあったらしい。ライカの肌の色はその隔世遺伝のようだった。

ライカに自意識が芽生え始めた頃には、その姿を見て陰で肌の色について囁きあう者が少なからずいた。それは嫌悪ではなくどちらかといえば好奇からくるものだったのだが、しかし感受性の強い少女にはどちらにしてもその視線は耐え難いものであった。だがライカは向けられる視線に卑屈になるどころか、むしろ逆に攻撃的な性格になっていった。

そんな幼少のある日、教育係の言うことも聞かず城内ではしたなくも走り回っていたライカは、不意に自分の背の半分ほどの小さな少年とぶつかった。

『なんだよ。ぼ～っと歩いてるのがわるいんだからなっ』

尻餅をついたまま呆然とライカを見上げる少年に、ライカはつい悪態を吐いてしまう。しかし、次いで少年の口から出た言葉に、ライカは面食らった。

『うわぁ、キレイ……お日様がプレゼントしてくれたんだね。いいなぁ～』

おべっかでなく、面と向かってストレートにライカの小麦色の肌を褒めてくれたのは、その少年が初めてであった。一瞬戸惑ったものの、気づけばライカはにんまりと笑い、少年の手を取り起こしてやっていた。

『おまえ、面白いな。名前はなんて言うんだ?』

『ぼく、クロト』

『クロトか。よ~しクロト、今からおまえはアタシの家来に決定だぞ』

『うんっ。え~と……』

家来にされた意味がよくわかってはいないのか、少年は微笑みを浮かべながらコクンと頷いたが、しかしライカの名前がわからずに言葉に詰まってしまう。

『アタシの名前はライカだ。おぼえておけよ』

『うん。ライカおねーちゃんっ』

その時、クロトの屈託のない愛らしい笑顔が、幼いライカの胸にしっかりと刻みこまれたのだった。


「あむ……ん……はぁ……」

クロトの唇がゆっくりと離れてゆくと同時に、過去の思い出へと旅立っていた意識がゆっくりと戻ってきた。ライカの肉感的な唇は少年の唾液をたっぷりと塗られ、テラテラと淫靡に濡れ光っている。

（アタシがこの肌の色を好きになれたのは、この子に出会ってからだっけ……）

少年の無邪気な賞賛は、ライカに自信を持たせてくれた。そうして意識が変わってみれば、年頃の少女の噂話も陰口ではなく憧れからきているのだと理解できた。実際に、ライカの噂を口にしている少女の前に現れてその腰を抱き間近で見つめてやれば、少女たちは嫉妬を羨望に変えてしなだれかかってくる者がほとんどだった。人は手に入らぬと思うものこそ諦めから辛く評価してしまうものなのかもしれない。

「あぁ……ライカ、おねえちゃんと……キス、しちゃった……」

こってりとライカの唇をむしゃぶったクロトが、悦楽に蕩けたトロンとした瞳でライカの美貌と濡れた唇を陶然と見つめている。

「すごいじゃないか、クロト。キスでこんなに身体が熱くなったのは初めてだよ」

「ほんと？」

ライカはクロトにコクリと頷いてやる。これまで、ライカを慕う少女たちに戯れにキスをしてやったことは何度もあった。だが、媚毒に肢体を蝕まれているとはいえ、接吻だけでこれほど口のなかが蕩けるようにぬめり、もどかしいほどに火照ってしまっているのは、これが初めてだ。憧れのライカの接吻をただ受け止めるだけだった少女たちと、自ら積極的に味わおうとしたクロトの差もあるのかもしれない。

「それじゃ、もっといっぱいキスさせてね、ライカおねえちゃん」

「えっ。ま、まだするのかい？　んむむぅっ？」

ライカの返事を待たず、クロトは再びグッと顔を寄せてくるとライカの唇にムチュリとむしゃぶりつく。

「あむぅ……ジュル……ジュパジュパッ。ライカおねえちゃんのお口のなか、ネトネトで気持ちいいよぉ。口のなかが溶けちゃいそうだよ……チュパ、ムチュルッ」

「んぷあぁ……クロトの唇も、すごくやらしいよ……ムチュゥ……チュバッチュバッ……」

ライカの唾液はミールのそれよりも粘度が高く、その絡みつくような粘液と柔肉の感触にクロトの興奮は脳がじんわりと痺れるほどに高まっていた。

夢中になってライカの唇を貪るクロトのネットリとした吸引に、ライカは自らも唇を吸い立てることで応える
「ぷあぁ……ライカおねえちゃんの舌、ヌルヌルになってヒクヒクしてるよ。エッチすぎてたまらないよぉ……ベロォ～……」

「ンアァンッ！　舌で舌を舐めるなんて、アタシの知らない間に随分スケベに成長してたんだね、クロトは……。ほら、お返しだよ……ネロオォ～ッ」

ベロリと舌を舐め上げられたライカは、クロトの性への貪欲さに内心驚きながらも、周囲に漂う淫猥な空気に自らも積極的に酔いしれて、ネロネロと舌を舐め返してゆく。

「ムチュッ、ムチュパッ……ベロベロ、レロォ～ッ」

「あぷぅ……やらしいよ、クロト……チュプチュプ、チュルルッ……ネロッネロッ、ネチョオォ～ッ……」

二人は互いの瞳を間近で覗きこみながら、唇がひしゃげるまで強く押しつけ合い、レロレロと舌を上下に動かして互いの唾液を塗りつけ合う。ジンジンと熱い舌の疼きが気づけば脳髄まで伝わり、二人の理性はグズグズに蕩け合ってゆく。

頭の後ろで両手を縛られ腋を突き出すようなポーズを取っていたライカは、濃密な舌接吻により全身を苛む火照りにもどかしげに身体を揺すりながら、無意識にググッとその身を突き出す。と、ライカの脇腹に添えられていたクロトの両手が、汗ばんだ褐色の肌にツルリと滑ってライカの剝き出しの腋をニュルッと擦ってしまう。

「ひあぁぁっ!?」

その瞬間、ライカは甲高い悲鳴と共にビクビクッと肢体を震わせ、喉をクイッと仰け反らせた。その反応を見たクロトは、さらに覆いかぶさるように上からライカの口内を舌でねぶり回しながら、ライカのツルリとした腋のくぼみを親指でクニクニと弄り回す。

「ンアァッ、アッアッ。ク、クロト、そんなにワキをいじるんじゃ、ンアァァンッ」

「へへ。ライカおねえちゃんの弱点、見つけちゃった。もっとイジメちゃおっと」

いつもからかわれてばかりだったライカから主導権を奪えたのが嬉しいのか、クロトはニッと微笑むとライカの唇を解放し、その顔をライカの腋に近づける。

「クンクン……ふわぁっ。ライカおねえちゃんのワキ、汗のニオイと一緒にムワムワした空気がムンッって充満してるよ。このニオイを嗅いでると、ふあぁ、頭がクラクラしてたまらなくなってくるよぉ」

「ク、クロトッ。そんなとこに顔を近づけるんじゃな、ヒイィンッ。そ、そんなにじっくりニオイを嗅がれたら、アタシも頭がクラクラして、ンアァァ〜ッ」

汗ばんでしっとりと潤った褐色の腋に鼻を近づけたクロトは、鼻を擦りつけながらスンスンと匂いを嗅ぎ、うっとりと醸し出される牝の濃密なフェロモンに酔いしれる。

普段は大胆に振る舞うことの多いライカも、その露骨な行動に羞恥を掘り起こされて、たまらず肢体をくねらせ切ない喘ぎを漏らしてしまう。

「でもライカおねえちゃん、いつも訓練の後に僕を見つけると、僕の首に腕を回してギュ〜ッて抱き寄せてくるよね。僕、いつもあの時にライカおねえちゃんのワキからムワムワただよってくる汗のニオイに包まれて、たまらない気分になってたんだよ」

「んあぁ、そんな、そんなことを……」

「僕がいつまでもエッチなことに興味のない子供だと思ってた？　僕だって、オナニーくらいするんだよ。みんなには内緒だけど、おとなしいミールや真面目すぎるレイア様ではエッチなことは想像しにくいから、ムラムラしちゃった夜は大胆でセクシーなライカおねえちゃんのことを想像しながらオナニーしちゃってるんだよ……」

「ハアァン……クロトが……アタシをオカズに、オナニーを……シアァ……」

己の無防備な行動が無垢な少年を発情させていたこと、そしてその発情をライカの痴態を思い浮かべることで処理していたことを知らされ、ライカは背徳の興奮にゾクゾクと背筋を震わせ、艶かしい吐息を漏らす。

「ああ、ライカおねえちゃんのワキがこんなに近くに……。僕、もうガマンできないよぉっ。ムチュウゥッ。ジュパッジュパッ、ベロベロォ～ッ」

「んひぃぃい～っ!? ク、クロトッ？ ワ、ワキをしゃぶっちゃダメッ。ベロベロ舐めちゃっ、アヒイィ～ッ！」

発情にうっとりと瞳を潤ませたクロトは、無防備なライカの腋にむしゃぶりつくと、汁音を立ててこってりと下品に吸い立て、さらには舌でベロベロとくぼみを舐め上げる。倒錯の興奮と媚毒による発情により性器の如く発情したワキのくぼみは、ひとねぶりされるたびに鮮烈な快感を迸らせてライカの肉体と脳を痺れさせた。

「ベチョッ、ベチョォ～ッ。ジュルジュル、ゴクンッ。……ぷあぁ。ライカおねえちゃんのワキ、少ししょっぱくておいしいよ。くうぅっ。僕もう、ガマンできないっ。チ×ポが爆発しそうだよぉっ」

媚毒によって倍加したライカの牝のフェロモンに理性を狂わされたクロトは、もどかしげにズボンを引き下ろすとガチガチに反り返った勃起肉棒を握り締め、ライカの腋をねぶりながら肉棒を激しく扱き立て始める。

「アァッ。それが、クロトのチ×ポ……。思ってたより、ずっと大きい。先っぽから透明な汁をトロトロこぼして、ビクビクッてすごく反り返ってる……」

「ハァハァ、見て、ライカおねえちゃん……。エッチなニオイをプンプンさせるライカおねえちゃんのワキのせいで、僕のチ×ポ、こんなになっちゃってるんだよ。オマ×コみたいにセクシーなこのワキのせいで、カウパーが止まらないヌルヌル勃起チ×ポになっちゃったんだよっ」

クロトはとめどなく溢れ出るカウパーを肉棒にたっぷりとまぶしつつ、チュコチュコと淫靡な汁音を響かせて激しく扱き立てる。そしてその様子を、悦楽に身悶えるライカにグイグイと見せつけた。それはこれまで子供扱いしてきたライカに、自分がいかに大人になったのかを見せつけようとするかのようであった。

「ンハァッ、な、なんてことを言うんだよ、クロト……アタシのワキを、マ、マ×コと同じだなんてぇ……」

「だってそうでしょう。ライカおねえちゃんのワキ、こんなにヌルヌルで……くぼみがエッチにパクパクってヒクついてるんだよ。チュプチュプ、ジュパッ。ライカおねえちゃんのワキは、マ×コと一緒……エッチなワキマ×コだよっ」

クロトは唾液塗れになったライカの腋を解放すると立ち上がり、勃起肉棒を手にライカの肢体ににじり寄る。そして肉棒の根元をつかみ、カウパー塗れの亀頭をヒクヒクと震える脇のくぼみにズリズリと擦りつけた。

「ンアァァ～っ！　アタシのワキに、クロトのチ×ポがぁっ。ヌルヌルをすりつけながら、きもちよさそうにビクビクしてるぅっ。これじゃあアタシのワキ、ハァンッ、本当にマ×コッ、ワキマ×コだよぉっ」

「そうだよっ。ライカおねえちゃんのワキはワキマ×コッ。だから僕はライカおねえちゃんと、ワキマ×コセックスするんだっ。くあぁっ、んあぁぁっ」

クロトはそう叫び、ライカの腋を肉棒でズリズリと鰓り抜いてゆく。いつもクロトの頭をすっぽりと包んでくれたその腋を凌辱するというなんとも言えぬ背徳の興奮に、クロトは息を荒げてしゃにむに腰を振り続けた。

「ンアァッ、ヒアァァッ。アタシの、アタシのワキがぁっ。なんでだよ、ジンジンするぅっ。チ×ポでこすられまくってぇっ、アッアッ、どうしようもないくらいに疼きまくっちまってるぅっ、ンアァァ～ッ」

敏感すぎる腋の反応に戸惑い、しかし肉の疼きに耐えられず悩ましい声を漏らすライカ。拘束された身体はヒクヒクと震え、揺れる枷からカチャカチャと金属音が鳴る。

「ハァハァッ。ライカおねえちゃんのワキマ×コ、ますます汗が噴き出してヌチュヌチュになってきたよっ。くぼみもピトッて亀頭に吸いついて、ヒクヒク痙攣しながら亀頭をクニクニ柔らかく刺激してくるよっ。たまんない、たまんないよぉっ」

「アヒィッ、ハヒイィ～ッ。ワキが、ワキがあついぃっ。クロトのチ×ポにズリズリ嬲られて、アタシのワキッ、ワキマ×コォッ。ビクビク震えまくってたまらないぃっ、ンオォォ～ッ」

媚毒の効果か、それとも普段から露出して歩いているだけに元々その素養があったのか。いつしかライカの腋のくぼみは狂おしいほどに燃え盛り、汗腺からフェロモン塗れの汗をジュワジュワと染み出させつつヒクヒクと淫らに蠕動してしまう。

その反応がますますクロトの興奮を駆り立て、肉棒は大量のカウパーを分泌させてライカの腋をさらにヌトヌトに汚してゆく。

やがて、ライカの腋で肉棒を好き放題に擦りたてていたクロトの射精衝動がピークへと近づきはじめる。クロトはライカの腋のくぼみにグプグプと亀頭を捻じこむと、激しく肉棒を扱き立て射精に向かって快感を増大させてゆく。

「くうぅ～っ。いくよ、ライカおねえちゃんっ。このままワキマ×コに射精するからねっ。ライカおねえちゃんの褐色のワキマ×コを、僕のドロドロのザーメンで真っ白に汚してあげるよっ」

「あぁ、出されちまうぅ……。アタシのワキ、クロトにマ×コ扱いされて……クロトの精液……ザーメンを、ぶっかけられちまうよぉ……ンアァァ～ッ」

ビクビクと震える勃起肉棒の様子に射精の予兆を本能的に感じ取り、ライカは慄きながらも熱く湿った視線で、腋のくぼみに埋まって心地よさそうに震える亀頭を陶然と見つめてしまう。

そしてとうとう、クロトの興奮が頂点に達し性感が爆発する。

「うあぁっ、くあぁぁ～っ！　出るっ、出るよライカおねえちゃぁんっ。ワキマ×コにザーメン、出るぅぅぅ～っ！」

ドビュドビュッ！　ブビュビュッ、ビュババババーッ!!

「アヒイィィ～ッ!?　ワキがっ、ワキがあついぃぃ～っ。ドロドロがへばりついてっ、焼けるっ、溶けるぅ～っ！」

その極限まで疼いていた悩ましい腋にドパドパと特濃の精液を接射され、ライカはおとがいを反らしてビクビクと悶絶する。白濁は腋のくぼみにベットリと貼りつき、汗腺にジクジク染みこんで褐色の美肌を内側から官能の炎で焼き尽くしてゆく。

「ンオォッ、ヒアァァ～ッ！　ワキがっ、ワキがうずくぅっ。ワキだけじゃないっ。胸もっ、アソコもビクビクしだしてぇっ。んほおぉっ、イクッ、イクウゥゥ～ッ！　ワキでイクッ、ワキマ×コでイクウゥゥ～ッ！」

そしてライカは腋から伝播した快楽の熱に全身の敏感な部位を炙り蕩かされ、淫らな牝声を上げて絶頂を迎えてしまう。それは自分の指で秘所を刺激した時よりも、女騎士たちと睦み合い慰め合った時よりも、ずっと深く強烈な魂を震わせる感覚であった。

　クロトは射精の快感にビクビクと打ち震えながら、喉を限界まで反らして絶頂に身悶えるライカのイキ顔をうっとりと見下ろしていた。いつも余裕たっぷりのライカがクロトの射精に翻弄されて瞳の焦点を彷徨わせ、大きく口を開けて舌をヒクつかせ悦楽に喘ぐその牝貌は、なんとも悩ましく美しかった。

　クロトはライカの腋に射精中の亀頭をグリグリ押しつけながら、ライカの顎に手をかけるとその唇を上からムチュゥゥッと塞いでしまう。

「んむぅ～んっ!?　ムチュムチュッ、チュパパッ、ンアァァンッ！　クロト、だめぇっ。イッてるのに、ベロチューらめぇっ、んむあぁぁ～っ」

「ジュパジュパッ、ベロベロ、ブチュブチュゥ～ッ。ぷあぁっ、射精しながらライカおねえちゃんとキスできるなんてぇっ、くふうぅっ！　もっと、もっとエッチなベロチューしよう、ムチュッ、ムジュルッ。んあぁ、ベロンベロンッて舌を絡ませてると、チ×ポも興奮してブルブルしちゃうよぉっ、チュプチュパッ」

　反り返ったライカの喉を手のひらでスリスリとさすりながら、クロトはライカの口内を舌でベチョベチョに舐め回す。絶頂にヒクつくライカの肉体はますます神経が鋭敏になり、その粘膜は剝き出しの性感帯となっていた。そんな状態で口内粘膜を舌でこそぎ上げられ、舌をねぶり回されて、ライカの脳は快楽の電流にすっかり痺れ、瞼の奥ではパチパチと官能の火花が散ってしまう。

無心になってライカの唇をむしゃぶりつつ精液を撒き散らしていたクロトだったが、やがてようやく長い射精が終わりの兆しを見せる。クロトはライカの唇を解放すると、すっかり精液塗れになったライカの腋に、亀頭をグリグリッと擦りつけた。

「うぅっ、くあぁっ！　ふぅ、いっぱい出ちゃった。……うわぁ。すごいよ、ライカおねえちゃんのワキ。褐色の肌が、僕のザーメンで真っ白に汚れて……なんだかすごく、エッチだよ……」

「んふあぁ……本当だ、真っ白……。ドロドロがこんなにこってりとへばりついてるのに……ヒクヒクッて震えちまってるよぉ……」

愛する少年に、褐色の肌をその精の色に染め抜かれる。そのなんとも言えぬ背徳の悦びは、元から肌の白いレイアやミールでは味わえない感覚なのではないか、と快楽に痺れた頭でライカはぼんやりと考えていた。

クロトはライカの腋から肉棒を離すと、今度は逆側に回りこみ、汗ばんではいるもののツルリとした褐色の腋に残滓塗れの精液をヌチュヌチュと擦りつける。

「ンヒァァッ。そ、そっちのワキまで汚すなんてぇ……」

「どうせなら、両方ともセクシーになった方がいいでしょ。こっちのワキにもたっぷりとザーメンを塗りつけてあげるね。くうぅっ」

「ンハァァッ、すごい、あんなにいっぱいドピュドピュ出したのに、まだガチガチに硬いままなんてぇ……。ンアァッ、ヒアァァッ。ダメ、またズリズリたくさんこすられてぇ……ワキマ×コにザーメンがこってり染みこんで、汗のニオイとザーメンのニオイが混ざり合って頭がクラクラひてっ、んほっ、おほおぉ～っ！」

敏感な腋を擦られながら両腋から立ち昇る濃厚な精臭をたっぷりと嗅がされて、ライカは再び喉をクンッと仰け反らせ、瞳を裏返らせてビクビクと快楽に身悶えてしまう。

そうしてライカは年下の体も一回り以上小さな少年に、腋という性器でもない部位をこってりと弄ばれ、何度も絶頂させせられてしまったのだった。

拘束されたまま両方の腋にベットリと白濁を塗りつけられて呆然としているライカの身体を、クロトは両手で抱えて持ち上げベッドへと運んでゆき、仰向けに寝かせる。

そして自らは衣服を脱ぎ捨て全裸になり、ライカの肢体を上から見下ろした。

「クロト、いつの間にか逞しくなったんだねぇ。アタシをこんなに簡単に運んじまうなんて」

「ううん。ライカおねえちゃんの身体、思っていたよりずっと軽かったから。ああ、それにしても……ワキマ×コがザーメン塗れのライカおねえちゃん、とってもエッチだよぉ……」

クロトはM字開脚のままベッドに転がったライカに上からギュッと抱きつき、そのたっぷりと豊かな胸の谷間に顔を埋めながら、ライカの褐色の美貌と白濁塗れの両腋をうっとりと見つめた。

「ンアァ、そんなに見ないでくれよ……」

「ダ～メ。ライカおねえちゃん、いつも恥ずかしがる僕におっぱいグイグイ押しつけてくるでしょ。だから今日はお返しに、僕がライカおねえちゃんの恥ずかしいことをいっぱいしちゃうんだ。この拘束も、まだ外してあげないからね」

そう言ってクロトはイタズラっぽく笑うと、その自分が発した言葉で新たな名案を思いつく。クロトはライカを見下ろしながら両手をワキワキさせ、その胸当ての隙間にズボリと手を突っこみ乳房をグニュウッと揉み立てた。

「ンヒイッ？　くあぁぁ～っ！　ク、クロトッ。胸もんじゃっ、アヒイィ～ッ」

「うあぁっ、ライカおねえちゃんのおっぱい、ムッチムチだよぉ。大きなおっぱいに指がズブズブ沈んでいくよっ」

爆乳と言ってよい大きさのライカの乳房は、弾力たっぷりの最高の揉み心地であった。胸当ての隙間から両手を差し入れたクロトは、正面からその爆乳を思うままに揉みたくる。

「ンアァッ、アッアッ。そんな狭い隙間に手を突っこんだら、くひぃっ、アタシの胸が潰れちまうよぉっ、ンアァ～ッ」

「でもライカおねえちゃん、とっても気持ちよさそうだよ。ムチムチおっぱいをギュウギュウ潰されて、肌がすごく熱くなってる。おっぱいをイジメられるの、気持ちいいんだね。本当は僕にイジメてほしくて、いつもおっぱいを押しつけてきてたんでしょ。それ、それ、それっ」

「アンアンッ、アヒィ～ッ。クロトの指がアタシの胸に、おっぱいにズブズブ埋まってくぅ～っ。ンアァッ、ヒアァァッ。おっぱいが疼いてたまらないぃっ。奥の芯がジンジン疼いて、アタシのおっぱい、熱くてはじけるぅ～っ、ンアァァ～ッ」

その爆乳をつきたての餅のようにこね回されて、湧き上がる熱と快感にライカは惑乱し身悶える。しかしどれだけ身体をくねらせようと胸当てがガッチリと胸周りを固定しているため、乳房は変形して刺激から逃れるどころか胸当ての裏地にズリズリ擦られてますます熱を生じさせてしまっていた。

しばし両手いっぱいにライカの爆乳の揉み心地を堪能したクロトは、今度は胸当てに潜らせた手をスリスリとスライドさせて乳房の表面を撫で回す。すると仰向けになっても型崩れせずブルンッと盛り上がった爆乳の頂点で、肥大化しコリコリにしこっている突起を発見する。

「へへ～。ライカおねえちゃんの乳首、見つけちゃった。うわぁ、胸当てで見えないけど、乳輪もかなり大きめだね。プックリ膨らんじゃってる乳輪と、ピンピンに尖ってる乳首、たまらなくエッチだよ」

「ンァァ、大きさのことは言わないでくれよ……」

「恥ずかしがることないよ。ライカおねえちゃんの爆乳には、大きめの乳輪とビンビン勃起したエロ乳首がとても似合ってるから。ライカおねえちゃんの爆乳は最高のエロエロおっぱいだよっ」

「ひぐぅっ！　乳首つまんじゃっ、ンヒイィィ～ッ！　乳輪グニグニつぶされてるっ、乳首の先っぽゾリゾリこすれるぅ～っ。ンオォォ～ッ」

クロトは指の間でライカの勃起乳首を挟んで左右にブルブル揺らしながら、手のひらで乳輪を揉み立ててライカの爆乳に快楽を送りこむ。揺らされた乳首の先端が胸当ての裏地にズリズリ擦れ、発情した勃起乳首への強烈な摩擦により電流のような快感が走ってライカを喘ぎ悶えさせる。

「うあぁ、ライカおねえちゃんの乳首、ますますエッチにムクムク膨らんできてるのがわかるよっ。まるで子供のオチン×ンみたいだよ。ほらほら、ライカおねえちゃんの勃起乳首、いっぱいシコシコ扱いてあげるよっ。それそれっ」

「アヒィッ、ハヒイィ～ッ！　乳首シコシコ、ダメェ～ッ。根元からゴシュゴシュしごかれてっ、先っぽがズリズリこすられまくってぇっ。アタシのおっぱい、電気がビリビリ走りまくっておかしくなるぅ～っ。ンオォッ、もうっ、もうダメェッ！　乳首いっ、乳首でイクッ、イクウゥゥ～ッ！」

たっぷりと性感が溜まって敏感になった乳首を先端からも根元からも乱暴に刺激され、しかしライカはその乱暴な快感に翻弄されてとうとう絶頂を迎えてしまう。

爆乳をバルンバルン弾ませながら肉感的な唇から悩ましい嬌声を響かせるライカを見下ろしていると、クロトの雄の衝動もまたムクムクと抑えきれないほどに膨れ上がってゆく。

「ああ、ライカおねえちゃん、すごく気持ちよさそう。ライカおねえちゃんの自慢の大きなオッパイを、僕がこの手でイカせちゃったんだ。ライカおねえちゃんのおっぱいは、もう僕のモノなんだっ」

クロトはライカの胸当ての隙間からズルッと両手を引き抜くと、今度は胸当ての上からガシッと両手で乳房をつかむ。そして絶頂の余韻にプルプルと震える爆乳の谷間に、カウパー塗れの勃起した肉棒をズプズプッと一気に差しこんだ。

「ンヒイィ～ッ!?　アタシのおっぱいに、クロトのチ×ポが埋まってるぅっ」

「くあぁぁ～っ。この弾力、最高だよぉっ。ムッチムチのおっぱいが僕のチ×ポをギュムギュム押し潰してくるっ」

突如乳房に湧き上がった熱い摩擦にライカは目を丸くする。クロトは胸当てをつかんでライカの爆乳を固定しながら、腰を前後させてその汗とカウパーに塗れてぬめる感触と、極上の圧迫感を満喫する。

「アンアンッ、アヒイィッ。アタシのおっぱい、犯されてるっ。クロトのチ×ポに、ズボズボってレイプされてるぅっ、オヒイィ～ッ」

「くうぅ～っ。たまらないよ、ライカおねえちゃんのおっぱいマ×コッ。柔らかいのに芯があって、出し入れするたびにチ×ポをズリズリ扱き上げてくれてるよっ。汗でヌルヌルの肌もチ×ポにしっとり吸いついてたまらなく気持ちいいよぉっ、ハァハァッ」

クロトは息を荒げつつ、夢中になってライカの乳房の谷間を肉棒で犯し抜く。ライカは悩ましい声を漏らして身悶えながら、胸の谷間から顔を出したり引っこめたりしている亀頭を呆然と見つめる。その先端は心地よさそうにパクパクと口を開け、トロトロのカウパーを漏らしては摩擦によって乳肌にネットリと粘液を塗り広げてゆく。

そうして広がったカウパーは吹き出る汗と混じり合ってライカの爆乳をさらに淫ら

にぬめらせ、クロトの肉棒へえも言われぬ快楽を次々に送りこむ。

「うあぁっ、ますますエッチになってきたよ、ライカおねえちゃんのおっぱいマ×コッ。ヌルヌルのネトネトで、本物のオマ×コそのものだよっ」

「アッアッ、アタシのおっぱいは、おっぱいマ×コッ。クロト専用の、スケベな乳マ×コになっちゃったよぉっ、ンハァァァ〜ッ」

その気になれば簡単に屈服させられるはずの小柄な少年に、自慢の豊満な肉体を好き放題に扱われている。その背徳感が、ライカの肢体をゾクゾクとたまらなく疼かせ、肉感的な唇から艶かしい嬌声が自然と漏れ出てしまう。

夢中になってライカの乳房の谷間を犯していたクロトであったが、一点だけどうしても物足りない感触があった。それは手のなかに広がる、硬質な胸当ての感触だった。

クロトは乳房の狭間に肉棒を埋めこんだままライカの背中に手を回し、手探りでその留め金を外してしまう。そして胸当てを取り去ると、迫力たっぷりのライカの生爆乳をブルンと露出させた。

「ンアァッ、アタシの胸当てがぁっ」

「へへ〜。剣も魔法も弾くライカおねえちゃんの自慢の胸当ても、僕のエッチな手にはかなわなかったね。ああ、それにしてもライカおねえちゃんのおっぱいは想像通り、ううん、想像以上にいやらしいよ。このプックリ膨らんだ大きめの乳輪も、ビンビンに勃起した指先みたいに大きな乳首も、たまらなくエッチだよぉ」

　露わになった褐色の爆乳を、クロトは手をワキワキさせながらしばしじっくりと眺める。仰向けの状態にもかかわらず、胸当てを外してもその鍛えられた胸筋によって保たれた爆乳は型崩れもせずにしっかりと天を向いている。そして大きめの乳輪はクロトの小さめの手のひらにはちょうど収まるピッタリの大きさで、その中心ではなんとも淫らな肉突起がビクビクと淫らに震えていた。

「くあぁんっ。そんなふうに言っちゃイヤだよぉ。クロトの視線がアタシのおっぱいに、乳首にからみついてぇ、んひぃぃぃ～っ」

　たっぷりと大きくても感度は抜群のようで、ライカは乳首に熱視線をじっくりと送られただけでピクピクと軽い快感を覚えてしまう。いつもは恥ずかしがるクロトを大胆にからかうのが楽しみだったのに、逆に今ではすっかりクロトに辱められることによって倒錯の快楽を呼び起こされてしまっていた。

「見られてビクビク震えてるよ、ライカおねえちゃんのエロ乳首。もみくちゃにされるだけじゃなくエッチになっちゃったところを見られるのも好きだなんて、ライカおねえちゃんの自慢の爆乳は本当は、イジメられるのが大好きなマゾマゾおっぱいだったんだね」

「んあぁん、アタシは、アタシのおっぱいはマゾなんかじゃ……」

「じゃあ、それを確かめてみようよ。さあ、今度は思いっきりもみくちゃにしながらズブズブ犯しちゃうよっ」

クロトはそう言うと、手のひら全体でライカの爆乳をモギュッとわしづかみ、グニュグニュと力いっぱい揉み潰す。

「アヒッ、ハヒイィィーッ？　胸がぁっ、おっぱいがはじけるぅ〜っ！」

「ほら、こんなに強くつかまれてるのにそんなにエッチな声が出ちゃうなんてっ。やっぱりライカおねえちゃんのおっぱいは、イジメられるのが大好きなマゾマゾおっぱいだったんだよ。次は両手だけじゃなくてチ×ポでもイジメてあげるよっ、それそれっ」

「ンアァッ、アヒイィ〜ッ。ンオォッ、ホオォ〜ンッ。アァッ、もみくちゃにされてるぅっ。アタシの乳マ×コ、グニグニにつぶされながら勃起チ×ポにズリズリ嬲られてるぅっ、レイプされてるぅ〜っ」

ライカは自慢の爆乳が淫猥に変化する様を目の前で見せつけられ、クラクラするような興奮にアンアンと淫らな喘ぎを漏らす。さらには谷間だけでなくあらゆる角度から乳肉をグリグリと亀頭で嬲り回され、カウパーを塗りつけられながら淫らにひしゃげさせられる。

ライカの乳房はまさしくクロトの玩具のように好き放題に凌辱されて、しかしその様子にマゾ性を刺激され、ライカは陶然と酔いしれてしまう。

そうして執拗にライカの爆乳を嬲っていたクロトであったが、そのぬめる柔肌に敏感な肉棒をたっぷりと揉みたくられるうちに、いつしか湧き上がる射精衝動が抑えきれなくなってゆく。

クロトは改めてライカの爆乳の狭間に埋めるように肉棒をズップリと挟みこんでゆくと、プクプクに膨らんだライカの乳輪とビンビンに持ち上がった勃起乳首を、両手でグニュッと握り締める。

「ンヒッ、クヒイィ～ッ！　乳首がっ、乳輪ごとしぼられるぅ～っ」

「くうぅ～っ。いくよ、ライカおねえちゃんっ。うあぁぁっ」

クロトは両手にそれぞれ握ったライカの勃起乳首を乳輪ごとゴシュゴシュと扱き立てながら、乳房の谷間を火の出るような勢いでグポグポと激しく犯しぬいてゆく。

激しすぎる快楽にライカは爆乳をブルンブルン弾ませ、拘束された肢体をガクガク暴れさせて身悶える。

「オヒイィ～ッ！　乳首がっ、乳首がはじけるぅ～っ。おっぱい全体がビリビリしびれてっ、頭のなかまでおかしくなるぅ～っ！」

「うあぁっ、ライカおねえちゃん、おっぱいメチャクチャにされまくってものすごくエロい顔になっちゃってるよっ。ハァハァッ、僕、もうたまらないよぉっ。このままイクッ。ライカおねえちゃんのおっぱいマ×コで射精するぅ～っ！」

脳天を突き抜ける快楽にクロトはそう吼えながら、乳首を握ったままライカの乳房に両手をグニュッと押しこむ。そしてひしゃげた乳肉を使って肉棒をグニィッと挟みこみ、快感が爆発するその寸前まで、思いきりズリズリッと扱き立てた。

ブビュブビュゥッ！　ビチャビチャッ、ドパパバッ!!

「ぷあぁっ、アヒイィ～ッ！　顔があついっ、胸がしびれるぅ～っ！　ンオォッ、イクイクッ、乳マ×コイクウゥーッ！」

とうとうクロトの興奮は爆発し、ライカの発情した美貌にドパドパと勢いよく精液をぶちまける。ライカは褐色の美貌にドロドロの白濁をたっぷりと浴びせかけられ、その濃密すぎる精臭で蕩けきった脳髄をジクジクと焼かれながら、散々にこね回されて熱くとろけた乳房のなかを渦巻く快楽の奔流に絶頂へと押し上げられる。

「あぁっ、ライカおねえちゃんの顔が、白いドロドロで染まっていくよぉ。ザーメン塗れのライカおねえちゃん、たまらなくエッチだよぉっ。くうぅっ、またザーメン出てきちゃううっ」

「んぷぁっ、アハァンッ。アタシ、クロトのザーメンに汚されてるぅっ。ワキだけじゃなく、おっぱいも、顔までマ×コにされて、クロトのザーメンをぶっかけられるスケベな肉になっちゃってるよぉっ。アヒイィ～ッ！」

二度目の射精だというのにクロトの精液量は衰えるどころかますます大量で粘度も増し、ライカの顔だけでなく上半身すべてをドロドロにするほどドパドパと勢いよく降り注ぐ。

ライカは全身を快楽の炎でジンジンと焼かれ絶頂に悶え狂いながら、柔肌にベットリと貼りつく大量の白濁に褐色の肢体をグチョグチョと染め上げられていった。

そうしてしばし拘束されたライカに馬乗りになったまま射精と共にブルブルと体を震わせていたクロトであったが、やがてゆっくりと放出を終えると大きくため息を吐き、鍛え上げられたライカの腹筋の上にペタンと腰を落とす。

「くあぁっ、ふうぅ～っ。うあぁ、すごい量が出ちゃった。ライカおねえちゃん、ドロドロになっちゃったね」

クロトはなんとか腰を上げてライカの胴から降りると、白濁塗れのライカの顔にのそのそと顔を近づけてその表情を覗きこむ。強烈な絶頂感によりライカの瞳は焦点を失い、天井を向いてふわふわと漂ってた。

「へへ。ライカおねえちゃん、ワキマ×コもおっぱいマ×コも、お顔まで僕のザーメンだらけだよ。どう、僕のザーメンのニオイ」

「んぷぅ……んふあぁ……。すごいよクロト……ザーメン、濃すぎるよぉ……。こんなのぶちまけられちまったら、アタシ、頭のなかまでドロドロがグチュグチュ染みこんでおかしくなっちまうよぉ……はへぇ……」

声音を蕩けさせ、絶頂の余韻にヒクヒクと褐色の肉体を身悶えさせるライカは、なんとも艶かしくそして美しかった。クロトはライカの隣に寄り添ってその蕩けきった美貌を見つめながら、右の手のひらをライカの顔に乗せ、たっぷりと付着した精液をグチャグチャと塗り広げてゆく。

「あぷぅ……んあひぃっ……。クロト、そんなことしたらぁ……ザーメンが顔に染みこんで、アタシ、変になっちまうよぉ……んぷぁ……はひぃっ……」

「えへへ。もっともっと染みこませてあげる。ライカおねえちゃんを、僕のザーメンのニオイでたっぷりにマーキングしちゃうからね」

「あぷあぁ……そんなぁ……。アタシのすべて、クロトのモノにされちゃうよぉ……んぷ、チュププッ……」

クロトはライカの顔に精液を塗りたくりつつ、白濁塗れになった指先をその口元に近づける。ライカは濃厚な精臭に陶然と酔いしれながら、無意識にその指先をパクリと咥えこみ、白濁をチュパチュパとねぶり取ってはゴクリと嚥下してゆくのだった。

ライカはその豊満な肢体を拘束されたまま褐色の美貌にこってりと白濁を塗りたくられて、絶頂の余韻に陶然と酔わされていた。そんな彼女を見下ろしながら、クロトは再び沸々と興奮を滾らせ肉棒を硬くしてゆく。

「さ〜て、次はどんなふうにライカおねえちゃんをイジメてあげようかなぁ」

いつも子供扱いされからかわれてばかりのライカに対して完全に主導権を握っているこの状況が、クロトは楽しくて仕方がなかった。

「アァン、クロトォ……。そろそろアタシの……ア、アソコを慰めてくれ……よ。もう、疼きすぎて、おかしくなりそうなんだよ……」

M字に拘束された美脚を切なそうに揺すり、ライカが羞恥を押し殺して訴える。その言葉通り、股間を覆う下部アーマーの脇からは大量の愛液が漏れ、褐色の太股をしとどに濡らしていた。

「ふふ。まだダメ〜。このムッチムチの太股も、おっきなお尻もまだ全然楽しんでないんだから。オマ×コはまだまだおあずけだよ」

しかしクロトはニヤニヤと笑みを浮かべながらライカを焦らし、そのムッチリとした太股や豊満な尻たぶをサワサワと撫で回す。さあ次はどうやってライカの肉体を味わおう。そう暢気に考えていたクロトは、しかしあまりに油断しすぎていた。

「うぅ……んあぁ〜っ！　も、もぅガマンできないぃっ！」

突然ライカがそう吼えたかと思うと、バキィンッと鈍い音が響く。なんとライカは自らの手で両手首を戒めていた枷を引き千切ったのだ。

「えっ、ええーっ⁉」

　思わず驚きの声を上げるクロト。その隙にライカは肉食獣の如くしなやかに動くと、クロトにのしかかり逆にベッドに押し倒してしまう。

「ハハッ。油断したねぇクロト」

「う、うそっ。あの手錠を力だけで外しちゃうなんて……」

　驚愕の視線を向けるクロトに馬乗りになりながら、ライカは自由になった手首をさすり、拘束によって固まってしまった筋肉を身体を伸ばしてほぐしてゆく。

「フフ。あの手錠、かなり古い物みたいだし脆くなってたみたいだね。あのくらいなら自力でなんとかなるさ」

　こともなげに言うライカだが、おそらくそれを実践できるのは騎士団でもライカだけだろう。

「さ～て、散々かわいがってくれたお礼をしなくちゃねぇ。どうしてやろうか？」

　足枷も外してすっかり立場を逆転させたライカは、牝豹の如く四つん這いになると、籠手を塡めた両手でクロトの顔をサワサワと撫で擦ってゆく。そしてクロトの胸板に顔を近づけると、その乳首にカリッと歯を立てた。

「あうぅっ！　ち、乳首嚙まないでぇっ」

「フフ。あたしの胸を好き放題イジってくれたお返しだよ。レロッ、レロォ～ッ。チユパチュパッ。おや、乳首がピンピンになってきたよ、男のくせに。チュウ〜ッ、カリカリッ」

「くあぁっ。ライカおねえちゃんに、乳首食べられちゃうよぉっ」

苛烈な乳首愛撫に悶絶するクロトを楽しそうに見つめつつ、ライカはクロトの顔をいとおしそうに撫で回し、しかし乳首にはさらに強烈な刺激を送りこんでゆく。

そうしてしばしクロトの反応を楽しんだライカは、身体を起こすと下部アーマーを勢いよく脱ぎ捨てて大胆に秘所を露出させる。その秘唇は媚毒による発情とクロトの執拗な愛撫によって淫らに口を開けており、大ぶりの小陰唇をピラピラと震わせ、内側では真っ赤な媚肉がヒクヒクと蠕動していた。

「ああっ……ライカおねえちゃんのオマ×コ、エッチにヒクヒクしてるよ……」

「おや。うっとりした顔をして、そんなに見たいのかい？　なら、もっと近くで見せてあげるよ。それっ」

「んぷぷぅっ？」

淫らにヒクつく秘唇に熱視線を向けるクロトに、ライカはニヤリと笑うとその頭をまたぎ、そのまま豊満な尻でクロトの顔をムギュッと押し潰してしまう。たっぷりとぬめった秘唇から立ち昇る濃密すぎる牝臭にクロトは頭がクラクラしてしまうが、無意識にライカのムッチリとした太股に両手を回してしがみつき、そしてその秘唇にムチュムチュとしゃぶりつく。

「ぷあぁっ。ライカおねえちゃんのオマ×コ……ムチュムチュ、ジュパパッ……ネットリ濃い味がして、口のなかがとろけそうだよぉ……ネロッ、ベロォッ……」

「ンアァンッ。いいよクロト、わかってるじゃないか、アァンッ。アタシのオマ×コ、スケベなクロトにたっぷり食べさせてやるからね、アッアッ、ンアァ〜ッ」

口の周りを淫蜜でベトベトに汚しながらも無心で秘裂にしゃぶりつくクロトをうっとりと見下ろしながら、ライカは腰をくねらせ、その濡れた秘唇をさらにグリグリと押しつけて快楽を貪ってゆく。

クロトの献身的な舌奉仕にますます肉体が快楽の炎で燃え上がったライカは、漆黒の籠手を嵌めた手でクロトの頭をガッチリつかむと、グイグイ腰をグラインドさせてクロトの顔に蜜塗れの秘唇を擦りつけ、獣のように悦楽を貪る。

「んぷぷっ。僕の顔、ライカおねえちゃんのエッチなオマ×コ汁でベトベトになるぅっ」

「アハハッ。このトロトロのスケベな汁が好きなんだろ、クロトッ。もっとたっぷりご馳走してあげるよっ、それ、それっ。アッアッ、ンアァ〜ンッ」

「んむむっ、息ができないよっ。ムチュムチュ、ジュパッジュパッ」

身体の芯から燃え盛るような発情にすっかり淫獣と化したライカは、クロトの顔の上で淫ら極まりない腰振りを見せ、たっぷりと快楽を貪った。クロトも息苦しさは感じながらも、その濃密すぎる牝の色香に陶然と酔いしれていた。

そうしてしばし顔面騎乗で悦楽を堪能していたライカだが、次第に秘唇だけでなく膣穴の奥の方も疼きだして、たまらない気分になってしまう。ライカはクロトの顔の上から尻をのけるとゆっくりと後退し、膝立ちになってクロトの腰にまたがる。そして籠手を嵌めた手でクロトの勃起肉棒の根元を握ると、カウパーをトプトプひっきりなしに溢れさせる亀頭を艶かしく口を開けた陰唇にぬちぬちと擦りつける。

「ほ～らクロト、気持ちいいだろ？　先っぽのお口からこんなに涎を垂らして、いやらしいねえ。ほらほら、セックスしたいんだろう？　だったらかわいらしくおねだりしてごらん」

いまだ処女であるライカが、童貞を卒業済みのクロトを導いてゆく。一見逆のように思えるが、これまで何度もこの瞬間を思い描いていたライカにとっては自然な展開であった。

そしてクロトもまた経験済みであることをすっかり忘れ、ライカに促されるがままにコクコクと頷いてしまう。

「ああっ。したい、セックスしたいよぉっ。ライカおねえちゃんっ、そのヌルヌルのエッチなオマ×コに僕のチ×ポを入れさせてよっ。セックスさせてぇっ」

　クロトの淫らすぎる魂の叫びに、ライカの背筋がゾクゾクッとたまらなく打ち震える。ライカはニィッと口端を歪めて艶然と微笑むと、すっかり準備の整った蜜塗れの膣口に、自らの手で肉棒をヌプヌプと埋めこんでゆく。

「フフ。本当に素直でかわいいね、クロト。それじゃ、ご褒美だよ。アタシのオマ×コ、たっぷりチ×ポで味わいなよ……。んく、くうぅ……ンオォォ～ッ！」

　汁塗れの膣穴にヌプヌプと肉棒が埋めこまれ、膣襞が擦りたてられてゾクゾクと快感が駆け上る。気づけばライカの腰は重力に引かれてストンと落ち、処女膜もプチンと簡単に破れて、肉棒が膣奥までヌップリと突き刺さってしまっていた。

　強烈に湧き上がる脳天を突き抜ける初めての圧倒的な快感に、ライカはググッとおとがいを反らし、獣のような咆哮を上げて絶叫する。結合部からはさらに濃い淫蜜がドロリとにじみ出て、二人の股間をベチョベチョに汚してゆく。

「うあぁ～っ！　ライカおねえちゃんのオマ×コ、やらしすぎるよぉっ。アツアツのヒダヒダがヌチュヌチュにヒクついてて、僕のチ×ポがとかされちゃうよぉっ」

　あまりの快感に呻くクロト。締めつけや膣襞の感触はミールの膣穴の方が上であったが、ライカの膣穴はとにかくそのぬめりが極上であった。淫蜜たっぷりの膣穴は一突きするだけで大量の粘液がネットリとまとわりつき、肉棒をヌチュヌチュと極上の快楽で蕩かしてゆく。それはまさにライカの貪欲さを象徴したような性器であった。

「ンアァ……クロトのチ×ポがアタシのおなかのなかに、ズップリ入ってるよ……。クロトの初めての相手にはなれなかったけど、アタシもこれで、クロトの女になったんだね。大人になったね、クロト……」

「ふあぁ……ライカおねえちゃん……」

ライカはクロトを頼もしそうに上から見つめながら、その頬をサワサワと愛しげに撫で擦る。クロトも蕩けるような愉悦に酔いしれながら、陶然とライカの顔を見上げていた。

やがてライカはクロトの頬に添えていた手をスッと下ろしてゆくと、その胸板に当てる。そして処女を喪失したばかりにもかかわらず、自ら腰を上下させて、クロトの肉棒に快楽を送りこんでゆく。

「さあ、クロト……ンアァッ。アタシのオマ×コ、じっくり味わいなよ……アハァンッ」

「ああっ。僕のチ×ポが、ライカおねえちゃんのヌチュヌチュオマ×コを出たり入ったりしてるぅっ。きもちいいっ、きもちいいよぉっ」

媚毒に数日に渡って火照らされていたからか、それとも元々汁気の多い体質で痛みを感じにくいのか。ライカは初めての性交ながらほとんど痛みを感じることなく、ぬめる膣襞を擦られる際に生じる蕩けるような快感を求めて、自ら腰を上下させてゆく。

肉棒が出入りするたびに結合部からはブチュッブチュッと大量の愛液が溢れてこぼれ、ぬめる粘膜が擦れる極上の快楽がもたらされてクロトはブルブルッと体を震わせる。

「ンアァッ、アッアッ。フフ、クロトってばうっとりした顔しちゃって。そんなにアタシのオマ×コが気持ちいいのかい？」

「うんっ。すごいよ、ヌルヌルで気持ちよすぎるよぉっ。僕のチ×ポ、ライカおねえちゃんのオマ×コに食べられて、溶けてなくなっちゃいそうだよぉっ」

「そんなに気に入ってくれるなんて、アタシも嬉しいよ。さあ、もっともっときもちよくしてやるからねっ。アンッアンッ、アヒイィ〜ッ」

気持ちよさそうに顔を蕩けさせるクロトを嬉しそうに見つめたライカは、クロトの体にしがみつくとさらに激しく腰を上下させる。ジュポッジュポッと淫猥な汁音が響くたびにライカの爆乳がブルンッと弾み、蜜塗れの膣襞が勃起肉棒をネチャネチャと揉み立てる。

「くあぁ〜っ。ヌチュヌチュオマ×コがチ×ポをジュポジュポしゃぶってるぅっ。ネチョネチョのヒダヒダがチ×ポにいっぱいまとわりついて、気持ちよすぎてザーメンがギュンギュン引き上げられてきちゃうよぉっ」

「アタシも、アッアッ、クロトのチ×ポきもちいいよっ。まだ子供だと思ってたのに、アンアンッ、こんなにガチガチのすごいモノを持ってたなんてぇっ。ンアァッ、ガチガチチ×ポがアタシの、スケベになったグチュグチュマ×コにゾリゾリこすれてっ、アヒイィ～ッ。チ×ポいいよぉっ、セックス最高だよぉっ、ンアァァ～ッ」

発情し蕩けきった膣襞を剛直がひと擦りするたび、途方もない快楽が膣穴全体に広がってライカは淫らに悶え鳴く。自分でも悩ましい身体つきだとは思ってはいたが、初めての性交でここまで快楽に身悶えてしまうほど淫らな肉体だとはライカ自身も想像していなかった。

はたしてそれが媚毒の影響によるものなのか、それとも元々淫らな素養を持っていたのかはわからなかったが、今はそんなことはどうでもよかった。クロトに十分な快楽を与えられ、自らもそれを堪能できるのならそれでよかった。

「ライカおねえちゃんの声、エッチすぎるよぉっ。そんな声をたくさん聞かされちゃったら、僕もますますたまらなくなってきちゃうよっ」

「ンオォッ、いいよ、聞いてぇっ。アタシのスケベな喘ぎ声、たっぷり聞いてもっとチ×ポをビンビンにしてぇっ。アッアッ、アヒィッ、ンアヒイィ～ッ。チ×ポイイッ、ガチガチチ×ポイイッ。グチュグチュマ×コにズポズポはまってたまんないぃ～っ。ンホオォォ～ッ」

発情した牝獣のように吼えまくるライカに、クロトの興奮は極限にまで引き上げられてゆく。やがて膣穴の最高のぬらつきと淫らに染まりきった空気のなかで、クロトは絶頂の予兆を感じ、肉棒をビクビクと痙攣させる。

「くうぅ～っ。ライカおねえちゃん、僕もうガマンできないよっ。出るっ、出ちゃうよっ。ライカおねえちゃんのオマ×コにザーメン出ちゃう～っ」

「アッアッ、いいよ、たっぷり出しなっ。クロトのドロドロザーメンで、アタシのマ×コをいっぱいにしていいよっ。アタシのマ×コに中出しして思いっきりきもちよくイッちゃいなよ、クロトォッ。ンオォォォ～ッ」

ライカは限界まで腰を下ろすとクロトの肉棒を膣穴深くまでグップリとはめこみ、さらにクロトの顔を爆乳に挟みこんで極限まで密着する。クロトは爆乳の谷間に埋もれながらライカの豊満な肉尻をグニィッとわしづかみにし、グイッと腰を浮かせてライカの奥深い膣穴を子宮口までズコンッと突き上げた。

「オヒイィッ、奥に当たるぅ～っ!?」

「くあぁあっ、アツアツオマ×コがますますヌチュヌチュ締めつけてきたぁっ。も、もうダメッ。出るっ、ザーメン出るぅ～っ！」

子宮口を突かれた衝撃で、ライカの膣穴は膣奥から愛液をドパッと大量に分泌させながらキュムキュムと淫猥に蠕動する。その極上の収縮に、クロトの射精欲求はグイッと引き上げられ、そして盛大に爆発した。

ドビュドビュゥッ、ブビュビュッ、ビュルビュルビュルーッ！

「ンホォッ、オホオォォ〜〜〜ッ！　オマ×コあついっ、あついぃ〜っ！　イクイクッ、イクゥーッ！　オマ×コイクッ、中出しザーメンでイクウゥーッ！」

ライカはクロトにしがみつきながら背筋を限界まで仰け反らせ、褐色の爆乳をブルルンッと弾ませて絶頂の咆哮を上げる。その間もクロトは懸命にライカの尻たぶにしがみつき、腰を浮かせて奥の奥まで肉棒をはめこんで、ビュルビュルと精液噴射を続けてゆく。

「うあぁ〜っ。僕、射精してるっ、ライカおねえちゃんのオマ×コにいっぱい中出ししてるぅっ。きもちいい、射精きもちいいよぉっ」

「ンアァッ、クロトがイッてる、アタシのマ×コのなかでドビュドビュ射精してるぅっ。うれしいよクロトッ。タマタマが空っぽになるまで、アタシのマ×コに中出ししまくってぇっ、ンアヒイィ〜ッ！　ンホォッ、またイクッ、中出しマ×コイクゥーッ！」

膣襞に精液がビチャビチャとぶちまけられるたび、湧き上がる強烈な絶頂感にライカは豊満な肢体をビクビク痙攣させて悶絶する。

やがて圧倒的な快楽の前に身体に力が入らなくなったライカは、その美貌をだらしなく緩ませてクロトの上にへたりと倒れこむ。股間に肉棒を突き立てられたままムチムチの太股をヒクつかせ豊満な尻たぶをブルッと震わせているその姿は、淫らな牝獣そのものであった。

「んぷっ、ぷぁっ」

一回り大きなライカの脱力した肉体にのしかかられて、爆乳に埋もれてしまったクロトはなんとかもぞもぞと体を捩り顔を出すと、乳房の谷間からライカの顔を見上げる。するとそこには悦楽に瞳をトロンと蕩けさせ、肉感的な唇をしどけなく開いて荒い息を吐いているライカの凄艶な絶頂顔があった。

「ああ、ライカおねえちゃん、すごくエッチにとろけた顔になってる……。僕とのセックスでイッちゃったんだ。いっぱい中出しされて、こんなエロエロなアクメ顔になっちゃったんだ……くうぅ〜っ」

あのライカを、膣内射精によって全身がだらしなく弛緩してしまうほどの強烈な絶頂に追いこんだ。その事実がクロトの胸を感動で熱く滾らせ、射精を終えたばかりだというのにクロトの肉棒は再びムクムクと熱く反り返ってゆく。

クロトは思いきり力をこめて、繋がったままライカの身体を横に倒し、自分が上になるように体勢を入れ換える。そしてライカの腿裏に手を当てて大きくV字に脚を開かせると、グイッと体重を預けてまんぐり返しの体位に移行する。ライカを組み敷いたクロトはゴクリと唾を呑みこむと、射精の余韻でけだるい体から残る力を振り絞って、ライカの蜜壺を今度は上からズボズボと穿ち始めた。

「アヒィッ、ハヒィンッ！　ンアァッ、アタシ、今度はクロトに犯されてるぅっ。ちっちゃなクロトに、こんな窮屈なポーズにムリヤリ押さえこまれて、ズボズボチ×ポを突きこまれちまってるよぉっ、ンハアァ〜ッ！」

「初めてだったのにいっぱいイカせてくれたライカおねえちゃんに、お返しだよっ。今度は僕がライカおねえちゃんのオマ×コをイカせるんだっ」

クロトはそう吼えると全身の力でライカを上から押さえこみ、そして激しく腰を振りたてて精液塗れのぬかるんだ膣穴を徹底的に抉り抜く。

「ンヒアァッ、アンアンッ！　オッオッ、ンホオォ〜ッ！　すごいよクロトッ、逞しいよっ。こんなにガンガン突かれたらアタシ、全然抵抗できなくなって、オホヒィィ〜ッ！」

「くあぁ〜っ！　ライカおねえちゃんのケダモノみたいな喘ぎ声、めちゃくちゃ興奮しちゃうよっ。ザーメンまみれのヌチョヌチョマ×コ、もっともっと突いてあげるから、スケベすぎるアヘ声もっと聞かせてよっ。それっ、それっ、それっ！」

クロトはライカの肉体を折り畳んで覆いかぶさりつつのしかかると、両手をライカの頭の両脇について体を支え、火の出るような勢いで蜜壺に肉棒を突きこんでゆく。

たっぷりと中出しされた残滓と大量の愛液でヌチュヌチュにぬかるんだライカの膣

穴に、ジュボッジュボッと突き入れられるクロトの肉棒。肉襞があまりにぬめりすぎて一突きするたびに挿入の角度が変わり、ライカの蕩けきった膣穴はあらゆる角度からグジュッグジュッと擦りたてられてしまう。

「オヒッオヒッ、ンアヒィィーッ！　すごすぎるよクロトォッ！　アタシのトロトロマ×コ、ゾリゾリ抉られまくってこわれちまうよっ。ジンジン痺れてイキッぱなしになっちまうよぉっ、オヒイィィ〜ッ！」

「んあぁっ、僕も感じるよ、ライカおねえちゃんのオマ×コがものすごくエッチになってるのをっ。ヒダヒダがグチュグチュうねって、僕のチ×ポにヌチュヌチュ絡みつきまくってるっ。ザーメンと愛液でヌルヌルのオマ×コが、やけどしそうなくらいに熱くグチュグチュにとろけてるよっ。くはあぁ〜っ！」

苛烈な抽送により蕩けきったライカの膣穴は、トロトロにぬめりながらどうしようもないほどに火照って淫らに蠢く。乱暴に突けば突くほど極上に蕩けるその蜜壺に、クロトはすっかり夢中になってひたすら腰を振りたてる。

だがそれも長くは続かなかった。若さ溢れる肉棒は驚異的な回復力を見せるが、一方で快楽への反応が素直すぎたのだ。ゾクゾクと背筋を湧き上がる強烈な射精欲求を抑えきれず、クロトは腰を振りたてながらもライカにギュウッとしがみつく。

「うぅぅ〜っ！　ライカおねえちゃん、僕またイキそうだよぉっ。ライカおねえちゃんのヌチュヌチュオマ×コに、いっぱい中出ししちゃうよぉっ」

「ンァァッ、いいよクロトッ。クロトが中出しマ×コをズボズボ突きまくってくれたから、アッアッ、アタシのマ×コ、また思いっきりアクメしちまいそうだよっ。出してクロトッ、アタシのマ×コをクロトのザーメンタンクにしてぇ～っ！」

ライカは淫語塗れの嬌声を上げながら、クロトの頭を抱き寄せその爆乳の狭間にギュムッと埋める。クロトは乳房の谷間にグリグリと顔を擦りつけながら残る力を振り絞ってしゃにむに腰を振りたくる。

そしていよいよ射精欲求が弾けそうになったところで、思いきり腰を突き出し子宮口に亀頭がめりこむまで肉棒を蜜壺の最奥へとはめこんだ。その瞬間、奥を突かれる衝撃にムチュムチュッと淫らに蠕動する汁塗れの膣襞。そして。

「くあぁ～っ！　出るよ、ライカおねえちゃんっ！　ライカおねえちゃんのオマ×コにっ、中出しザーメンいっぱいぶちまけちゃうぅっ、んあぁぁ～っ！」

ブビュブビュッ、ドビュビュッ、ビュクビュクビュクーッ!!

「ンッホオォォーーッ!?　イクッ、イクイクッ、イックゥゥーッ！　オマ×コイクッ、クロトのザーメンでイキまくるよぉ～っ！　オホヒイィーッ！」

膣奥に再び噴射する灼熱の精液。蕩けきった膣襞に特濃の精液がベチャベチャとへばりつき、湧き上がる脳天を貫く強烈な絶頂感に、ライカは喉をグイッと仰け反らせ、瞳をクルンと裏返らせて、褐色の肢体をビクッビクッと痙攣させる。

「うあぁっ、ライカおねえちゃんのオマ×コ、グネグネ動いてるぅっ。ザーメンいっぱい中出しされて、嬉しそうに僕のチ×ポをスケベにしゃぶってるよぉ。んあぁっ、また出るっ、オマ×コにザーメン搾り取られちゃうぅ〜っ！」

意識とは無関係にグチュグチュと卑猥に蠕動し、肉棒をこれでもかと搾りたてる貪欲すぎるライカの蜜壺。そのあまりの淫らさに恐れすら感じてしまうクロトだったが、それでもクロトはライカの肢体にギュウウッとしがみつき、むしろ一滴残らず搾り取ってもらうべく肉棒を深く深く差し入れる。

「オホオォ〜ッ！　奥までハマッたクロトのチ×ポが、ブビュブビュザーメンぶちまけてるぅ〜っ。いいよクロトッ。いくらでも出していいよぉっ。タマタマ空になるまでっ、アタシのマ×コに中出ししてぇっ、ンアヒイィ〜〜ッ！」

ライカもまたクロトをギュウウッと抱き締めて、蜜壺で精液を受け止め続ける。やがてライカの膣穴は大量の白濁でパンパンに押し広げられ、それでも受け止めきれなかった分は結合部からゴピュゴピュと溢れこぼれていた。

「ああっ……ライカおねえちゃぁん……。ムチュッ……チュゥッ、チュプッ……」

「んあぁ……クロトォ……あむぅ……ムチュチュ、チュパッ……」

連続射精の疲労で全身の力が抜けてしまったクロトは、ライカにしなだれかかりながらその唇をライカの唇に寄せ、甘えるようにチュパチュパと吸い立てる。ライカもまた唇を突き出し、絶頂の余韻に酔いしれながらうっとりとクロトの唇をむしゃぶってゆく。

　そうして二人は重なり合ったまま、やがて安らかな眠りへ落ちていったのだった。

第五章　決闘！　マゾ堕ち騎士団長

クロトとライカに一日という時間を渡したミールは、翌日再び二人を残した部屋へと戻った。

「クロト、起きてる……っ」

しかしそこで視界にに飛びこんできたのは、ベッドの上で半裸のライカがクロトに覆いかぶさりながら、楽しそうにその唇にむしゃぶりついている姿であった。

「アァン、クロト、かわいいよぉ。ムチュムチュッ、チュパッ。……おっ。ミール、おかえり」

「んぷぷ、ぷぁっ？　わわっ、ミ、ミールッ!?」

驚きに取り乱すクロトと、その一方で実にあっさりした反応を返し、さらには気にせずクロトに接吻の雨を降らせようとするライカ。ミールはわずかにピクリと眉をひそめ、押し殺した声で呟く。

「……ライカ姉さま。お話があるので、クロトを解放してくれるとありがたいのですが」

「え～っ。イイところなのにぃ。ま、そういうことなら仕方がないか」

ライカは一瞬不満げな表情を見せたものの、仕方なさそうに肩をすくめると身体を起こしてクロトの体から離れる。そしてタオルを手に取り、肢体に付着した様々な体液を拭っていった。

「姉さま、媚毒の効果は薄れましたか？」

「ん？　ああ、そういやアソコの疼きがなくなってるね。ずっと濡れっぱなしだったのにさ」

「やはりそうですか。男性の精液には媚毒の効果を薄める効果があるとの記述がありましたが、本当だったようですね……」

豊満な裸体をこともなげに晒すライカから視線を外しつつ、ミールが呟く。

「へえ、そうなんだ。ってことはさ。クロトにたっぷりシテもらえば、魔物なんか恐るるに足らず、ってことかい？」

「……それは、物理的に無理です。あの小さな魔物一匹でさえライカ姉さまをあれだけ苦しめたのですから……」

「……確かにね。クロトが干からびちゃったら困るしねぇ、アハハッ」

豪快に笑うライカとは対照的に、クロトは想像してしまったのかブルブルッと体を震わせていた。

「……ともかく、五分したらもう一度来ますから、服を着ておいて下さい。クロトもね」

「う、うん」

体の至るところにキスマークをつけたまま照れ臭そうに頭を掻くクロトを一瞥し、ミールは部屋を出ていった。


「……で？　何かわかったのかい？」

スウッと目を細めたライカが、ミールに尋ねる。そこには先ほどまでの色に溺れた顔ではなく、騎士としての鋭さが戻っていた。

「……例の魔物が出るという洞窟まで、偵察に行ってきました」

「ええっ？　ひ、一人で？　ダメだよっ。危ないよミールッ」

心配に声を裏返らせるクロトのその反応に、少し胸が温かくなるのを感じながら、ミールはクロトを諫める。

「大丈夫。入り口の手前から遠見の術で気配を探っただけだから。……やはり、かなりの数がいるみたいです。私とライカ姉さまだけでは、時間的に倒しきるのは不可能でしょう……」

古文書によると、淫術による防護というのは、一時的に快楽に対する肉体の反応を著しく鈍らせるものらしい。そしてその効果時間は、より肉体が女の悦びを知っているほどに長くなるようだ。

つまり、魔物の数が多いほど当然討伐には時間がかかるため、わずか二人では防護効果の時間切れを起こしてしまうだろうということだった。そしてそうなれば、ケイトのように全身を媚毒に侵されてしまいまともに戦うことができなくなり、あとは魔物の触手に嬲られ続けることになるだろう。ミールは恐怖と緊張で思わず身体をブルッと震わせる。

「なるほどね。となるとやっぱり、戦える人数を増やさなきゃいけないってことか。う～ん……これはレイアにも、覚悟してもらうしかないかな」

ライカはできるならレイアにかかわらせることなく討伐を済ませたいと思っていた。あの実直で清純なレイアには、騎士団の光として立ち続けて欲しい。淫猥な魔物との陰惨な戦いなどは自分に任せ、明るい道を歩いてほしかった。

だが、事態はそれを許さないようだ。レイア以外の騎士を引きこむことも考えたが、その事実を後から知ればレイアはより苦しむことになるだろう。となればそれもできない。

ならば、現状で最善といえる展開は。

「……クロト。レイアを女にしてやってくれよ。なるべくいい思い出にしてさ」

「う、うん……」

妹を思うライカの言葉に自分の責任重大さを改めて感じ、クロトはコクンと頷くのだった。


眠っている間じゅう、レイアは全身を疼くようなもどかしい感覚に苛まれていた。だがそれは初めての感覚で、レイアはどう対処してよいかわからず、ただその美しい肢体を切なげにくねらせるしかなかった。

どれほどそんな時間が続いただろうか。ふと気がつくと、額の辺りが温かくなり、閉じられた瞼の上からでもわかるほど眩い光が降り注いでいるのを感じられた。

レイアはその光に導かれるように、ゆっくりと目を開いてゆく。

「……ハッ？　こ、ここは？　私は何を……」

意識を取り戻したレイアは、パチパチとまばたきする。と、石造りの殺風景な部屋のなかで、眼前に立ちレイアの額に手をかざしているクロトの姿が見えた。

「レイア様、気がつきましたか？」

心配そうに顔を覗きこんでくるクロト。その背後にはライカとミールの姿も見えた。

「え、ええ。大丈夫です。それよりどうして貴方がここに？　私は確か、魔物の討伐に向かっていたはず……えっ？」

とそこで、自分が椅子に座った状態で鎧姿のまま、拘束されていることに気づく。

「クロト、これは何の冗談ですか？　またライカお姉様のいたずらにつき合わされているのでしょう。さあ、これを外しなさい。私には遊んでいる時間はないのです。一刻も早く、囚われた騎士たちを助けなければ……」

レイアはまっすぐな瞳でクロトを見つめる。と、後ろに控えていたミールがスッと一歩前に出た。

「それに関しては、私からお話があります。聞いてください、レイア姉さま……」

ミールは真摯な瞳でレイアを見つめていた。いつも控えめで真正面から視線を受けるのを好まなかったミールの、この反応。それはあの、魔物討伐の軍議の際にも見せた、これまでとは違う一面であった。

「……わかりました。話を聞きましょう」

レイアはコクリと頷き、ミールの瞳をまっすぐに見つめ返した。

「そんな……」

ミールから顚末を聞かされたレイアは、ショックで言葉を失っていた。

「あ～……あんまり気にすることないよ、レイア。アタシも気づけなかったわけだしさ」

「いえ……そういうわけにはいきません。私は騎士団の皆の命を預かる身だというのに、これでは指揮官失格です……」

ライカが慰めの言葉をかけてくれるが、レイアは自分を許すことができなかった。

ミールの策にまったく気づけず、精鋭の騎士九人を預かりながら、一つの罠とクロトというたった一人の魔術師に敗北してしまった。国を守る一軍を預かる身としてはあまりに情けない。自国領地内で油断していたなどと、言い訳できることではなかった。

そして、ライカの肉体が自分をかばうことで魔物の媚毒に侵されていたことに、気づけなかったこともまた情けなかった。

「姉さまたちを騙すことになってしまい、申し訳なく思っています……。でも、これでわかっていただけたと思います。あの魔物……オルガローパーの媚毒は、淫術結界よりも遥かに強力です。それこそあんな小さな一匹で、ライカ姉さまを無力化してしまうほどに。だから……魔物の潜む洞窟に突入する前に、姉さまたちを止めることができてよかったと、私は思っています……」

「……そう、ですね。ミールの言う通りかもしれません。情けないことですが……あのまま進軍していては、私は皆の身を危険に晒してしまっていたでしょう」

レイアはミールを責める気にはなれず、ただひたすらに自分の不明を恥じた。一途に純真に騎士道を歩んできたレイアにとって、女神の加護が淫術や魔物の媚毒に敗れるなどという可能性を考慮できなかったも致し方ないとは言える。だが一軍を預かる身として、そのような慰めは無意味であった。責任を負う者には、結果がすべてなのだ。

「……レイア姉さま。私たちは、あの魔物を打ち滅ぼさなければなりません。そのために、レイア姉さまの力を貸してください」

頭を下げるミールに、しかしすっかり意気消沈したレイアは小さな声で尋ね返す。

「もちろん、私にできることがあれば協力します。ケイトの無念を晴らすためにも、囚われている騎士たちを救出するためにも。……ですが、私に何ができると言うのでしょう。魔術による罠があったとはいえ、クロト一人に敗れてしまった私に、いったい何が……」

自問自答を繰り返すレイアの前にミールがしゃがみこみ、その手をキュッと握る。

「媚毒にさえ抗うことができれば、レイア姉さまの剣技をもってすれば魔物など恐るるに足りません。ですから……姉さまの身体に、淫術による防護を施す許可をいただきたいのです。私とライカ姉さまだけでは、多数の魔物を相手にするには限界があります。レイア姉さまにも、力を貸していただきたいのです」

「……それだけ、ですか？　防護術をかけるくらいなら……ハッ？」

そこまで呟いたところでレイアはあることに気づき、その美貌をカァッと朱に染める。レイアは軍議の際の、ミールの言葉を思い返していた。淫術を施すには、施される女性側にもある条件が必要だということを。

レイアがそっと視線を上げると、ミールの背後ではライカに肩を抱かれたクロトが、同じく顔を赤くしてもじもじしていた。ということはやはり……。

「そ、そんなっ？　貴女は私に、クロトにじゅ、純潔を捧げよと……そう言うのですか？」

驚きの表情で見つめるレイアに、しかしミールは表情を崩さずコクリと頷く。

「……はい。残された時間からしても、私たちに近しい者を考えてみても……クロトが適任だと、そう考えています」

「そんな……わ、私が、クロトと……うぅっ」

レイアの顔がますます真っ赤になる。クロトには将来的に立派な青年に育ってもらいたいとは思っていたし、いずれ自分にも夫となる存在が現れるのだろうかとぼんやりとは考えていた。しかしそれは今はまだ現実味はなく、ずっと先の話だと思っていた。それが、このようなタイミングで決断の時が訪れるとは。普段は騎士らしく速断を旨とするレイアも、すっかり動転してしまう。

「いいじゃないかレイア。クロトのこと、かわいく思っていただろう？　ただ機会が早まっただけだって」

「な、何を言うのです、ライカお姉様っ」

本人の前で本心をずばり突かれて、レイアは熟れた果実のように顔を真っ赤に染める。一方、クロトはライカの言葉にピンときていないのか、そんなレイアの反応を見てキョトンとしていた。

「……レイア姉さま。申し訳ないのですが、時間がないのです。クロトのことを憎からず思っているのなら、どうか……」

「う、うぅ……」

ミールに真剣な表情で見つめられ、レイアは俯いて返事に窮する。と、そこでレイアの脳にある疑問が浮かび上がる。

「……ま、待ってください。ということは、貴女たちもその……ク、クロトと……？」

レイアの問いに、ミールは恥ずかしげに視線を落とし、ライカはニッと笑みを浮かべ、それぞれ違う反応を示しながらしかし、二人ともコクリと頷いた。その事実に、レイアは唖然としてしまう。

そこに、クロトがレイアの前に進み出て、ひざまずく。クロトはレイアの手を取り、恥ずかしそうにしながらも真剣な表情で、レイアの顔をジッと見つめてきた。

「レ、レイア様。その、僕、今は頼りないかもしれませんけど、これからたくさん努力して、レイア様に相応しい男になれるようにがんばりますから。だからその……僕に、レイア様を守らせてくださいっ」

初めて見るクロトの真剣な訴えに、レイアの胸がキュンと震える。もちろんクロトが今からレイア以上の騎士になるということではない。クロトは魔術師として、レイアの身を守る術を施したいと、そう訴えているのだ。

その真剣な視線に思わず頷きそうになったレイアだが、どうしても羞恥と騎士のプライドが、この小柄で非力な少年にその身のすべてを捧げることを躊躇してしまう。

そしてレイアは気づけば、自分でも思ってもいなかった言葉を発していた。

「……で、でしたら条件があります。クロト。騎士としての私を、打ち負かして見せなさい。そうすれば、私は貴方のことを受け入れましょう」

「え、ええっ？」

驚きの表情でレイアを見つめ返すクロトに、レイアは真っ赤になった顔をプイとそむけるのだった。

レイアとクロトは、古城の中庭にある朽ちた闘技場へと足を運んだ。ミールとライカも立会人として客席で二人の様子を見つめている。

レイアは拘束を外され、兜こそ脱いでいるものの愛用の鎧姿となる。クロトも魔術師用の、フード付きのローブを身につけていた。二人はそれぞれ石造りの模造刀を構え、距離をとって向かい合う。

「準備はいいですね、クロト」

「は、はいっ」

真剣に構えるレイアのあまりの隙のなさに思わず怯みかけたクロトだが、それでも後ずさりしかけた足を懸命に踏みとどまらせ、レイアに向かい合う。

そしてライカが決闘の合図を買って出る。

「よし。それじゃいくよ、二人とも。……はじめっ！」

ライカの号令と同時に、レイアはキッとクロトを見据える。もう油断はしない。クロトが相手でも勝負は勝負。きちんと勝利をつかんでみせる。その上で、その後のことは考えよう。

そう思考を巡らせ冷静にクロトを観察したレイアであったが、しかし逆にその落ち着きが仇となった。合図と同時に打ちこんでいれば一撃の下にクロトを圧倒できたであろうが、クロトはレイアが与えた一瞬の隙に、呪文の詠唱を始めたのだ。

そしてその途端、熱く疼きだすレイアの肉体。

「くうぅんっ⁉」

レイアはたまらず甘い声を漏らし、白いスカートから伸びる鋼鉄製のブーツに包まれた美脚をガクガクと震わせる。

「こ、こんなっ。卑怯ですよ、クロトッ、アァアンッ」

「す、すみませんレイア様っ。でもこれが、魔術師の僕の全力だからっ」

クロトはさらに詠唱を続け、女体を発情させる淫術でレイアの肢体を蝕んでゆく。

これまで味わったことのない甘い疼きに全身を苛まれ、下腹部がジンジンと痺れてまともに立っていることすら辛くなってゆくレイア。

しかしレイアは懸命に剣を構え、再び油断を見せてしまった己の心を律して、荒くなった呼吸を整えようと試みる。

(そうです。クロトにとっては魔術こそ勝利の術。勝手に剣術の勝負と考えて隙を作り、あまつさえ卑怯呼ばわりするとは、私の方こそ未熟極まりないっ。だからミールの策も見抜けなかったのです。そもそも、ミールがあのような一計を案じたのも、私の未熟ゆえっ。私がもっとしっかりしていれば、魔物に後れを取るなどと、ミールを不安にすることもなかった。私……私はっ……)

自らへの悔恨の念にかられて唇を噛み締めながら、レイアは一歩、また一歩と間合いを詰めてゆく。自らの不明を認めることで、レイアは騎士として一つ階段を上ろうとしていた。

クロトはそんなレイアの気迫に押されていたが、しかしレイアに認めてもらうには自らもまたできることに力を尽くすしかないと、必死で詠唱を続ける。

「……くふっ……あくぅんっ」

一歩地面を踏みしめるたび、子宮をズンと突き上げられるような衝撃を受け、レイアの花びらのような唇から切ない吐息が漏れる。いつしか視界は潤んでうっすらとぼやけていたが、それでもレイアは自らを叱咤し、歩みを止めない。

そしてとうとう、二人の距離はレイアの剣の間合いにまで縮まった。

「……ハアァァァッ！」

レイアは力を振り絞り、気合一閃、剣を振り上げる。通常ならば瞬きすらできぬうちに切り捨てられているであろう雷鳴の如き剣閃は、しかし淫術に蝕まれた肢体では見る影もなかった。それでも剣術に長けていないクロトを打ち負かすには十分な剣速で、剣がクロトの頭上を襲いくる。

レイアは無意識に、淫術に蝕まれた状態でも放てるもっとも無駄のない一撃を選択していた。だがそれはすなわち剣術における基本の動作で、幼い頃から剣術を苦手とするクロトによく指南していた、もっとも素直な剣筋であった。

「っ⁉　えぇーいっ！」

　気づけばクロトは手にした模造刀をかざしてレイアの一撃を見事に受け止め、そしてそのまま流れるような動作でレイアの胴を鎧の上から打ち抜いていた。

「んはうぅっ⁉」

　カキィーン、という刀が鎧を打つ鈍い音と共に、レイアは鎧から伝わる振動にビクビクと肢体を震わせる。レイアは呻きを漏らすと、やがてドシャッとその場にくず折れた。

「……勝負あったねぇ」

「うん……」

　ライカが呟くと、ミールは小さく頷く。そして二人は闘技場から背を向け、客席を出ていった。後は残された二人の時間であった。


「レ、レイア様っ。大丈夫ですか？」

　うずくまるレイアを、模造刀を投げ捨てたクロトが慌てて抱き起こす。

「見事でした、クロト……。よい、剣筋でした。剣術の練習も、きちんと続けていたのですね……」

　クロトに抱えられながら、レイアは険の取れた顔でクロトを見上げる。

「は、はい。少しずつですけど、一応は……。いつか、レイア様に認めてもらえるといいなって、思ってましたから」

「そうですか……。クロト、貴方はもう、一人前の立派な男性です。よく成長しましたね」

「レイア様……ありがとうございます」

誇らしそうな笑みを向けるレイアに、クロトもまた嬉しそうに笑みを浮かべた。

「レイア様、立てますか」

「ええ、大丈夫……きゃぅんっ」

クロトの手を取り立ち上がろうとしたレイアだが、淫術により甘く痺れた身体に上手く力が入れられず、痺れた足がもつれたはずみに愛らしい声を上げてクロトの胸に飛びこんでしまう。

（あぁ……レイア様の髪、イイ匂い……）

その瞬間、ふわりと金の髪から漂った上品でかぐわしい香りに、クロトの胸がドキンと高鳴る。

どうせその後はそういう展開になるのだからたっぷりと淫術をレイアにかけておけ、と決闘前にライカに煽られ、ミールもまたそれに同意していた。卑怯かもとは思いつつも、レイアに剣術勝負でまともに敵うはずがないのはわかっていたクロトは、二人の言う通り魔術師としてでき得る最善の方法、すなわち淫術による攻めを選択した。

そして今、レイアは淫術の効果に肢体を疼かされて、普段は見せない女としての顔を無防備にクロトに晒している。クロトはもう、自分を抑えることができなかった。

ライカの肉体を貪った時もそうだが、淫術や媚毒は侵された対象の女性だけでなく、その女性と接触する相手もまた性に貪欲にしてしまうのかもしれない。

「レイア様……んっ……」

気づけばクロトはカッチリとした鎧に包まれたレイアの肩をつかみ、スイと顔を寄せると、その唇をレイアの唇にそっと重ねていた。


「ク、クロッ、んむぅっ⁉」

薔薇の花びらの如き麗しの唇に、クロトの唇が重ねられたその瞬間。唇はその紅そのままにカァッと熱く燃え上がり、レイアの肢体を情熱の奔流がゾクゾクッと駆け抜ける。レイアは驚きに大きく目を見開いたまま、脳を震わせる官能の疼きにしばし呆然としていた。

「ああ、レイア様の唇……しっとりとしていて、柔らかいです……ムチュ、チュプッ……」

クロトはレイアの唇の蕩けるような最上の感触にうっとりと酔いしれながら、チュパッ、チュパッと何度もその唇をついばんでゆく。しばし呆然とされるがままになっていたレイアだが、ハッと我に返ると慌てて顔をそむけようとする。

「ふあぁっ。ク、クロト、何をするのですかっ。こ、このような場所で、せ、接吻などとっ。いけません、こんな、あぷぷぅっ？」

突然のキスにすっかり動転し、逃れようとするレイアであったが、すぐにもう一度クロトに唇を奪われてしまう。

「大丈夫ですよ、レイア様。ライカおね、んんっ、ライカ様とミールももう行っちゃったみたいですから。ここにいるのは、僕たちだけです。誰の目も気にしなくていいんですよ。チロチロッ、チュププッ」

「ひぁんっ。く、唇を舐めるなどと、いやらしい……。ああ、それにいくら誰も見ていないとはいえ、闘技場で接吻などと、騎士としてあるまじき、んぷぅんっ？」

普段の威厳はどこへやら、レイアは不安げに視線を揺らす。クロトは再び唇を押しつけてムチュムチュとそのしっとりと柔らかな感触を堪能してゆく。

「ムチュムチュッ、チュパパッ。僕、このままここで、したいです。レイア様が僕を認めてくれた場所だから……」

「ああ、クロト……」

クロトのその言葉に、レイアの抵抗がやむ。そんなにも自分はクロトを子供扱いしていただろうか。それとも騎士ではないクロトがもどかしく、気づかぬうちに辛く当たってしまっていたのか。クロトは今、自分に認められたことで、失っていた自信をようやく取り戻せたのかもしれない。

　そんなことを考えながら呆然としているうちに、クロトの接吻はより大胆になってゆく。クロトは唇をむしゃぶるだけでは飽き足らず、舌を伸ばしてレイアの唇の隙間をネロネロとこじ開け、その口内までネチョネチョと舐め回し始めたのだ。

「んむぷあぁっ？　ク、クロトッ？　そんな、口のなかを舐めるなど、おかひいっ、ひゃむむぁ～っ」

「ネロッ、レロレロッ。おかしくなんてないですよ。大好きな人とはこうして、ギュッと密着しながら隅々まで舐め合うものなんです。だから僕は、レイア様のお口のなかをぜ～んぶ舐め回しちゃいますね。ベロッベロッ、ネチョオォ～ッ」

「んひあぁ～っ。わ、わたくしの口のなかに、クロトのネトネトした舌、ひたがぁっ。んぷんぱっ、はひぃぃっ。ク、クロトッ。そんなにネロネロ、舐め回さないでくだひゃいっ。わたくひ、くひのなかがとろけてあつくなって、おかひくっ、あむぷむぅ～っ」

　すっかりレイアとの接吻の心地よさに夢中になったクロトは、レイアの後頭部を右手で押さえて固定すると、形よい薔薇の唇が淫猥にひしゃげるほど口を押しつけ、その口内を余すところなくベロベロと舐め回す。

三姉妹のなかでももっとも性知識の薄いレイアはただただ動転し、されるがままクロトの獰猛な接吻に翻弄され、好き放題に貪られてしまう。

「むぷあぁっ、クロト、クロトォッ。わたくひ、おかひいですっ。口のなかが熱くなってジンジンしびれて、抑えられないのですっ。舌がヒクヒクと震えて、はじけてしまいそうなのですぅっ」

まったくの未知の感覚に慄き、レイアはクロトにすがりつく。経験も知識も皆無のレイアは、接吻による熱を快楽だと認識することもできずにただただ困惑していた。

普段は威厳に満ちたレイアのそんな初々しすぎる反応に、クロトは思わず笑みをこぼす。そしてますます強く深く、レイアを求めたくなってしまう。

「ふふ。本当にエッチなことは何も知らないんですね、レイア様。それなのに、こんなに魅力的で、とっても敏感だなんて……。レイア様。今、レイア様は、キスで感じてしまっているんです。いやらしいキスで、気持ちよくなってしまっているんですよ」

クロトの言葉に、レイアは目をぱちくりさせる。

「キ、キスッ？　ち、ちがいますっ。キ、キス……接吻とは、唇同士をそっと重ねるもので……こんな、舌で口のなかを舐め回すなどという品のない行為はキスでは、あぷうぅっ?」

「チュバチュバッ、ネチョォ〜ッ。キスにも色々と種類があるんです。僕が今しているのは、大好きな人とする、より濃厚なキス。舌と舌を絡めあう、ディープキスですよ。ムチュゥッ、ネチョネチョッ、ネロオォォ〜ッ」

「んぷあぁ〜っ。こ、このようなはしたない行為が、キスだなんてぇっ。こんな行為は許されないっ、んむんむっ、ふあひぃぃ〜っ」

知識はなくとも淫猥すぎると本能でわかるはしたない行為に、レイアはすっかり恐れ慄いてしまう。しかしクロトはそんなレイアを逃がさずに、じっくりと粘膜を通して快楽を送りこんでゆく。

そうするうちにやがてレイアの呼吸はどうしようもないほど熱く湿ってゆき、その肢体もピクッ、ピクッと惑乱し始める。淫術の効果ももちろんだろうが、レイアはその純真な精神とは裏腹に、とても快楽に敏感な肢体を有していたようだ。

粘膜を通してそれを感じ取ったクロトは、さらに激しく舌を蠢かせレイアの口内を徹底的にねぶり回して、レイアを快楽の頂点、絶頂へと押し上げてゆく。

「あむあむっ、ぷあぁ〜っ。クロトッ、わたくひ、お口のなかがあつすぎて、本当におかひくなってしまいそうですぅっ」

「ムチュチュッ、ネロネロォッ。レイア様、キスでイッちゃいそうなんですね?　あの高潔なレイア様がキスでイクなんて、僕も興奮しすぎてどうにかなっちゃいそうです」

「イ、イク？　イク、とはなんですか？　わ、わたくしはどうなってしまうのです？」

「イクッていうのは、愛し合う男女が身体を重ねた時に、最高に気持ちいい状態になることですよ。普通はセックスで最高に高まった時になるんですけど、敏感すぎる女の人はおっぱいや、キスだけでもイクことができるんです」

クロトの説明に、レイアは耳まで真っ赤になって慌ててしまう。

「な、なっ？　そ、そのようなはしたないこと、許されませんっ。せ、接吻で、セックス……性交の如き反応を見せるなどとっ。クロト、もうやめてくださいっ。わ、わたくしはこんな……」

「清純なレイア様は、とっても素敵です。でもだからこそ魔物はそこにつけこんで、レイア様を狂わせようとしてくるんですよ。だから僕は、レイア様を守るためにも、そのお願いは聞けません。たとえ恨まれても、レイア様には魔物の媚毒に耐えられるように、たっぷりと快楽を、絶頂を経験しておいてもらいますっ」

クロトの言葉は半分はレイアを求める建前であったが、しかし残り半分は確かな本心であった。レイアを魔物などに壊されてなるものか。たとえレイアに恨まれようと、それがレイアを守ることに繋がるならばできることをする。

そう改めて決意したクロトは、レイアを強く抱き寄せるとその唇を正面からムチュリと塞ぎ、ベロベロと舌を上下させてレイアの口内と舌を徹底的にねぶり回した。

「あぷあぷっ、あむむぅ～っ！　ぷあぁっ、クロト、クロトォッ」

「ムジュムジュッ、ベロベロォ～ッ。レイア様、イッて、イッてくださいっ。ジュパジュパッ、ムジュジュゥ～ッ」

唇が腫れ上がってしまうかと思うほど強く吸引され、敏感な舌をベチベチと執拗に舐めねぶられて、レイアの性感は彼女自身の理解を超えてギュンギュンと駆け上がってゆく。

「ブチュブチュゥッ、ほらレイア様、舌を出してっ。思いっきり重ね合いましょう」

「んあぁ、ひ、ひた……？　れあ～っ……ひゃみゅぅっ!?　んぷんぱっ、んへあぁぁ～っ！」

蕩けた理性のなかでクロトに求められるまま舌を差し出したレイアに、クロトもまた舌を大きく伸ばしてベッチョリと舌の腹を重ね合わせる。そしてグネグネと肉舌を蠕動させながらレイアの舌も徹底的に揉み立て、淫猥な舌接吻の快楽をレイアへとこれでもかと送りこんでゆく。

「んべんぱっ、らめっ、りゃめえぇ～っ！　わたくひもう、ひたがあつくてっ、脳がビリビリしびれてぇっ」

「ベチャベチャッ、イキそうなんですね、レイア様っ。イッてくださいっ、ベロチューでイッてっ！　ネチョネチョネチョッ、ベロベロォ～ッ！」

そしてクロトの舌がこれでもかと淫猥に蠢いてレイアの敏感な舌を徹底的にねぶり回し、レイアを強引に絶頂へと押し上げる。

「んれあぁぁ～っ⁉　イッ、イクッ、イクウゥゥーッ！　わたくしっ、舌でっ、キスでイキますぅ～っ！　んぷあぁぁ～～っ！」

そしてとうとうレイアは濃密すぎる接吻で絶頂を迎え、クロトの肩にしがみつきながら突き出てしまった舌をビクビクと痙攣させ、クルンと瞳を裏返らせる。

レイアの舌絶頂を確認したクロトは大きな達成感を得ながら、レイアをギュウッと抱き寄せ、さらに唇を強く重ねてレイアに快楽を送りこみ続ける。

「ムチュッムチュッ、ベロベロォッ。ベロチューでアクメしちゃったレイア様、とっても魅力的ですよっ。ジュパッジュパッ、ムジュジュル～ッ」

「ぷあぁっ、みないでぇっ。んぷぷっ、こんなはしたないかお、みないでくだひゃいぃっ。あぷあぷっ、あひぃっ、んむぷあぁ～っ」

舌接吻による絶頂顔を間近でじっくりと見つめられ、レイアは脳が沸騰しそうな羞恥にたまらずピクピクと身悶える。しかし普段ならば軽く振りほどけるはずのクロトの小柄な体が今はとても大きく感じられ、レイアはくねくねと力なく肢体を捩りながらクロトの接吻の嵐を呆然と受け入れるしかないのだった。

ようやく接吻から解放された時には、レイアのその薔薇の花びらのような唇は大量の唾液によって淫らに赤く色づき、強烈な吸引の連続によりプックリと腫れてジンジンと甘い痺れに侵されてしまっていた。

クロトは自分の唇の周りにもたっぷりと付着した極上の甘露であるレイアの唾液を舌を伸ばしてネロリと舐め取り、ゴクリと呑み下す。そしてほうっと満足げな吐息を漏らすと、ゆっくりと立ち上がり、衣服を脱ぎ捨ててすでにギンギンに反り返っていた己の肉棒をレイアの眼前にグイッと突きつけた。

「キャアッ!? な、何をするのですかクロトッ。ふ、婦女子の前で裸になるだけでなく、あまつさえそのようなモノを見せつけるなどとっ」

突然のことに困惑するレイアに構わず、クロトはレイアの右手を取り、ガントレットを塡めたその手にそっと肉棒を握らせる。

「ほら、触って、よく見てくださいレイア様。これが僕がレイア様を魅力的に思い、接吻を交わすことでとても心地よい時間を過ごせた証拠なんですよ」

「ンアァッ。わ、わかりましたから、それを近づけないでくださいぃっ。ひうぅっ、先端からトロトロしたものがこぼれて、ムワムワとすごいニオイがぁ……」

クロトはレイアに肉棒を握らせ、うっとりと満足げな表情を浮かべた。ガントレットの手のひら部分は布地を何枚も重ねて作られており、そのザラついた感触が敏感な肉幹に擦れてクロトは思わず肉棒をビクビクと震わせる。

その際にピピッとカウパーが飛び散り、肉棒からムンとより濃い肉臭が立ち昇る。肉臭に鼻腔をジーンと犯され、レイアはたまらず悲鳴を上げた。

「レイア様。次はこの肉の棒、チ×ポを、お口で愛してもらいます」

「チ、チ×ッ!?　そ、そのようなはしたない真似、できるはずがありませんっ」

クロトの理解を超えた命令に、レイアは思わず顔をそむけて否定の言葉を発する。しかしクロトは一歩詰め寄り、美しい鼻梁を描くレイアの鼻先にカウパーに塗れた肉棒をグイと突きつける。

「そんなふうに言わないでください。結ばれた男女は、互いの唇と舌で相手の最も敏感で脆い部分を愛し合い、その気持ちを確かめ合うものなんですよ。僕はいつでも、レイア様が満足するまでオマ×コをたっぷりと舐め回して愛してあげる覚悟はできています」

「オ、オマッ？　いやぁっ。もう、卑猥な言葉ばかり口にしないでくださいぃ」

レイアにも一応は、女性器の呼称に関する知識はあったようだ。卑猥な単語を連発するクロトに、レイアは涙目になってイヤイヤとか弱く首を振る。

だがクロトは、レイアの口内の感触を味わいたいという欲求を止めることができなかった。接吻であれだけ夢のような幸福感を得られたのだ。最も敏感な肉棒でその魅惑の唇に触れることができたなら、どれほど心地よいことだろう。

しかしレイアは羞恥で耳まで真っ赤にし、肉棒から視線を逸らして見ようとしない。ならばとクロトは、レイアの手を使ってその肉棒をゴシュッ、ゴシュッと扱き立てはじめる。

「ひあぁっ。な、何をしているのです、クロト」

「レイア様の手を使って、くぅっ、チ×ポを扱かせてもらっているんです。レイア様のしなやかな指と、それを包むガントレットのザラついた感触が、たまらないですよ。ハァハァッ」

「あぁっ、私の剣を握るための手を、このような淫猥なことに使うだなんてっ。いけませんいけませんわっ、アアァッ」

戸惑いの表情を浮かべるレイアに見せつける様に、クロトは彼女自身の手を用いて肉棒を激しく扱き立ててゆく。そうするうちにさらに濃く立ち昇った濃厚な肉臭がレイアの鼻腔をジクジクと焼き、レイアの瞳がウルウルと潤み始める。

「アァン、イヤです、イヤですわこのニオイ……。お鼻の奥がジーンと痺れだして、頭がクラクラしてしまいます……ふあぁ……」

その身を蝕んでいた淫術の効果か、レイアはいつしかいきり立つ肉棒から視線を離せなくなってゆく。気づけば口内にはたっぷりと唾液が溢れだし、無意識にコクンと呑み下したレイアはほうっと悩ましい吐息を漏らした。

「ハァハァ、見てくださいレイア様。僕のチ×ポ、ビクビクしているでしょう。レイア様のしなやかな指も気持ちいいですけど、そのしっとりと柔らかなお口のなかに入りたくてたまらなくて、こんなに震えてしまっているんですよ」

「ハァン、そんな……。どうしてそんなに、お口などに入りたがっているのですか……?」

淫術に狂わされたレイアの思考はいつの間にか正常に働かなくなっていた。レイアはしっとりと潤んだ瞳で、肉棒を突きつけ自分を見下ろしているクロトを切なげに見上げる。

「それは、レイア様とのキスがとても幸せで、気持ちよかったからです。キスであれほど幸福になれるなら、最も敏感なチ×ポなら、最高の快楽を得られるはずだと思うんです」

「そう、なのでしょうか……。でもそれは、せ、性交とは関係のない行為なのでは……」

レイアの疑問は、確かにその通りであった。だがクロトは動揺することもなく、空いた左手でレイアの金の髪にそっと触れ、そのサラサラとした流れるような艶やかな感触をうっとりと味わいながら、レイアの疑問に答える。

「確かに、関係ないといえば関係ありません。僕たちがただ身体を重ねるだけなら、必要のない行為でしょうね。……でも、狡猾な魔物はあらゆる手段を使って人間の身体を嬲り、篭絡してきます。きっとレイア様のこの美しい唇も、狙われてしまうでしょう。その時にレイア様が戸惑わないように、そういった行為も経験しておいてもらいたいんです」

都合のよい屁理屈のようではあるが、しかしクロトの言葉には真実も確かに含まれていた。淫術の防護を施すとはいえ、やはり粘膜は人体の敏感で弱い部分である。無理やり口内に侵入されて戸惑ううちに体内に媚毒を送りこまれれば、防護の効果が失われてしまう可能性もある。性交による絶頂の経験が淫術の効果を高めるのなら、口淫の経験もまたそういった際の抵抗力を高めるはず。クロトはそう考えていた。

とはいえ心情としてはそんな理屈よりも、とにかくレイアの魅惑の唇を味わいたいという衝動に尽きるのだが。

レイアはヒクつく肉棒をチラチラと盗み見ながら、クロトの言葉を呆然と聞いていた。だがやがてコクリと小さく頷くと、その怜悧な美貌を羞恥で真っ赤に染めながらも、決意の表情でクロトの顔をジッと見上げる。

「……わかりました。クロトの言う通りに、いたしましょう」

「あ、ありがとうございます、レイア様っ」

「いえ、これも、魔物に対抗するため……それに……」

クロトのお願いを聞いてあげたかったから、という続く言葉は、羞恥の前に呑みこんでしまうレイアであった。

「コホン。で、では、私はまずはどうすればよいのですか？」

小さく咳払いをしたレイアが、クロトに指示を仰ぐ。クロトは肉棒の先端をレイアの鼻先から唇の手前へとわずかに移動させると、レイアに口奉仕の手順を指導してゆく。

「ではまずは、チ×ポの先っぽにキスをしてください」

「キ、キスをっ？　さ、先ほど初めての接吻をしたばかりだというのに、今度は男性の、オ、オチ×ポに接吻だなんて……。それに、先端の小さな穴から、トロトロとしたお汁がたくさん溢れています。これは、どうすれば……」

「それは、男が興奮したり気持ちよくなると溢れてくる液体、カウパーです、さっきのレイア様とのキスがあまりに幸せで気持ちよかったから、こんなに溢れているんですよ。ですから気にせずキスをして、唇についてしまったら舌で舐め取ってください」

「そ、そんなことまでっ……。カウパー……オ、オチ×ポから出たお汁を……舐めるだなんてぇ……っ」

　次々に教えられる淫らな行為にレイアはすっかり戸惑ってしまう。だがレイアの眼前でピクピクと切なげに震えている肉棒を見れば、そういった行為を求めているのだということはレイアも本能的に理解できた。

　そして今のレイアは、はしたない行為に強い恥じらいを感じている一方で、クロトの望むことは何でもしてあげたいという胸の奥が甘く疼くような衝動にも突き動かされていた。それは、剣の腕はからっきしだったにもかかわらず、見事に自分を打ち負かして成長を見せてくれたクロトに、報いてあげたいというそんな想いからくるものであったのかもしれない。

「わ、わかりました。では……んっ……チュッ。んぷぅっ？　す、すごく熱い……。それに、ネチャネチャがペットリと……ふあぁ……」

　意を決してクロトの亀頭にそっと口づけをしたレイアは、その熱とカウパーのネトついた感触に戸惑いの表情を浮かべながらも、熱っぽい吐息を漏らす。

「くうっ。レイア様のチ×ポキス、すごく気持ちよかったですっ。もっと、もっとしてくださいっ、レイア様っ」

　一方のクロトは、敏感な亀頭に触れて広がったしっとりと柔らかな天上の快楽にゾクゾクと体を打ち震わせていた。そしてさらなる快感を求め、レイアの口元にグイグイと肉棒を突きつける。

「あぁっ。慌てないでください、クロト。今、いたしますから……。ハアァ……チ、チ×ポキスだなんて、なんていやらしい言葉なの……。……チュッ、チュッ。チュパッ、チュパッ……アァン、唇がヌルヌルになってしまうわ……。チロッ。チュプ、チュプ……」

レイアはクロトの亀頭に何度も口づけを重ね、その魅惑の唇を卑猥な形にムニッムニッと歪ませてゆく。そしてとめどなく溢れるカウパーに汚された唇を、はしたなくも舌先でチロチロと舐め取る。そのトロリとした感触に、舌先や口内粘膜は知らぬ間にジーンと疼かされてしまう。

「うあぁっ。チ×ポキス、たまらないぃっ。レイア様、キスだけじゃなく、舌でもチ×ポをチロチロ舐めてくださいっ。それと、先っぽだけじゃなくチ×ポの色んな場所に、傘の裏や裏筋にもいっぱいキスしたり舐めたりしてくださいっ、くうぅ〜っ」

「わ、わかりましたわっ。チュッチュッ。チロチロ、チュパッ。ハァン、オ、オチ×ポがピクピク震えています……。ペロッペロッ、チュウゥッ……。ここはとても、敏感なのですね……」

湧き上がる快楽に悶絶しながら指示を出すクロトに促されるままに、レイアはガントレットを嗔めた両手で肉棒をそっと捧げ持つ。そして傘裏に、肉幹に、接吻の雨を降らせ舌先で何度もなぞり上げ、ビクつく肉棒へ鮮烈な快感を送りこんでゆく。

「くあぁ～っ。あのレイア様にフェラチオしてもらえるだなんて、最高ですっ。レイア様、タマもくわえてっ。チュパチュパしゃぶりながら、舌でコロコロ転がしてくださいっ、くはあぁ～っ」

ゾクゾクと湧き上がる強烈な快感に悶絶しながら、クロトはレイアの顔をグイッと引き寄せて己の股間にグリグリと押しつける。

「はひぃっ!?　唾液とカウパーでネトネトのオチ×ポが、わたくひの顔に当たっていますぅっ。ハァン、クロト、そんなにグチュグチュわたくしのお顔を汚さないでぇっ。タマタマ、ちゃんと舐めますからぁっ。あむっ、チュパチュパッ、チロチロ～ッ」

その美貌を淫液でヌチャヌチャと汚されて、ぞわぞわと生じる倒錯感に脳をクラクラと揺さぶられ、レイアは瞳の焦点をふわふわと漂わせる。それでもレイアは言われるがままにその魅惑の唇で玉袋を頬張ると、チュパチュパとしゃぶりたて、睾丸をチロチロと口内で転がしてゆく。

「あむぅん、チュパパッ、オチ×ポの濃いニオイで、脳が痺れてゆくぅ……。レロッレロッ、チュプチュプ……ハァァン。なんだか、コロコロして……タマタマ、かわいらしいです。……ハッ?　い、いやだわ。わたくしったら、はしたない……」

思わずこぼれた淫らな本音に耳まで真っ赤になるレイアだが、しかしその唇はすっかり濃厚な肉の味に馴染んでしまっていた。初めての口奉仕にもかかわらずうっとりと睾丸愛撫を続けるレイアをしばし陶然と見下ろして快感に酔いしれていたクロトだが、やがてゾクゾクと湧き上がってきた射精欲求に促され、さらなる強烈な快楽を求めてゆく。

「ああ、レイア様のタマフェラ、とっても気持ちよかったです。ほら、見てくださいレイア様。僕のチ×ポ、もうガマンできなくて、カウパーをドプドプ撒き散らしながらビクビク震えているでしょう」

「アァ……は、はい。すごく震えているのが、わかります……。いったいどうしたのですか。苦しいのですか……？」

逞しく脈打つ肉棒は、これまでの子供だとばかり思っていたクロトではなく立派に成長した姿の象徴のようであった。レイアは口から玉袋を吐き出すと、ため息と共にうっとりと肉棒のそそり立つ様子を見つめてしまう。

するとクロトはレイアに肉棒の根元に手を添えさせて固定してから、亀頭をレイアの唇の隙間に押し当て、ヌプヌプと割り裂いて口内へ勃起肉棒を押しこんでゆく。

「むぷぷぅっ？　ク、クロト、なにをっ、んぷぅ～んっ」

「うあぁっ！　レイア様の口のなか、トロトロできもちいいっ」

興奮に張った肉棒をぬらついた口内粘膜にぬっぽりと包まれて、クロトは湧き上がる強烈な快楽に呻きながら体を打ち震わせる。そしてクロトは、目を白黒させてクロトの顔を見上げているレイアに構わず、両手でレイアの頭をしっかりとつかんでその顔をガッチリ固定する。

「さあレイア様、チ×ポを根元まで咥えたまま、竿をチュパチュパしゃぶってくださいっ。舌もレロレロ動かして、チ×ポ全体を舐め回してください。そうすれば僕はチ×ポがすごく気持ちよくなって、そのうち楽になれますから」

「あむぅ……。しょ、しょうなのれしゅか? わ、わかりまひた……。おしゃぶり、しましゅわ。……チュウゥ～ッ。チュルチュルッ、コクンッ。……ぷぁ」

レイアはクロトに促され、訳がわからないながらも肉棒をチュパチュパとしゃぶりたててゆく。弾けそうにビクビクと打ち震える肉棒と、湧き上がる快楽に時折目をギュッと閉じて耐えるクロトの顔がなんとも切なそうで、少しでも楽にしてあげたかったのだ。

「あむむ……チュパチュパ、チュポッチュポッ。ぷあぁ、おくちのなかいっぱいに、おにくの濃い味がひろがって……チュルッ、チュパッ……くひのなかがジンジンうずいて、おかひくなってしまいそうでしゅわ。ディープキスより、しゅごいでしゅのぉ……ムチュムチュ、ジュポポッ」

「くうぅ〜っ。ぼ、僕もディープキスよりさらに気持ちいいですよっ。ほらレイア様、唇でチ×ポの根元をもっと強くキュッと締めつけてっ。おくちをすぼめてほっぺたの内側をチ×ポにペトッと貼りつけながら、ジュルジュル思いっきり吸い上げてくださいっ」

「はむぅ……ジュポッジュポッ、ジュルルルゥ〜ッ。んぷぁっ、い、いやぁっ。はしたない音が、唇からもれてしまいまひゅわぁっ」

その女神のような美貌を鼻の舌を伸ばして下品に崩し、わけもわからぬまま肉棒にしゃぶりついていたレイアも、唇から漏れる明らかにはしたない汁音に顔を真っ赤にして躊躇してしまう。しかしクロトは肉棒の形にへこんだレイアの頰をなぞるように優しく撫でながら、レイアに言葉をかける。

「気にしないでください。上品で清楚なレイア様が、僕だけにはしたない姿を見せてくれているのが、僕はとっても嬉しいんですよ。さあ、もっともっと音を立ててしゃぶってくださいっ。先っぽを舌で舐め回すのも忘れちゃダメですよっ」

「わ、わかりまひたわぁっ。んぽんぽっ、ムチュムチュ、ジュプルル〜ッ。レロッレロッ、チュルチュル、チュパッチュパッ。ぷあぁんっ、カウパーがあふれしゅぎて、ひたがジンジンひましゅわぁ〜っ」

クロトだけに見せる、はしたない素顔。その言葉がレイアの胸を熱く燃え上がらせ、これまで想像もしたことのなかった淫ら極まりない行為にレイアを没頭させる。

淫術の効果か、レイアは初めてながらも本能のままに淫らに肉棒をむしゃぶり、拙くも熱烈な舌使いでクロトの肉棒にギュンギュンと快楽を送りこんでゆく。

そしてクロトの射精欲求はとうとう、頂点へと到達する。

「くあぁ～っ！　僕、もうガマンできないっ。出る、出ますよレイア様っ。レイア様のお口に、ザーメン射精するぅ～っ！」

ドビュドビュッ、ブビュビュッ、ドプドプゥーッ！

「ひゅむむぅーっ!?　んむんむっ、むぷぷぅーっ！」

憧れのレイアとの濃厚な接吻と献身的な口奉仕で高まりきったクロトの欲望が、レイアの口内で勢いよく爆ぜる。その奔流のあまりの熱と勢いにレイアの目は大きく見開かれ、木の実を口に含んだリスのように頬がパンパンに膨らんでしまう。レイアはたまらず肉棒を口から吐き出そうとする。

しかしクロトは射精の圧倒的な快感にブルブルと打ち震えながら、レイアの頭を逃がさずしっかりと固定して、その口内に次々に特濃の精液を打ちこんでゆく。

「うあぁっ、レイア様、のんでっ、のんでくださいっ。僕のレイア様への想い、全部受け止めてのみこんでくださいっ。くあぁぁ～っ！」

「んぷぷぅっ？　ゴキュッ、ゴキュンッ。ぷふあぁっ、あぷぷぅっ、ジュルジュル、

ゴキュンッ」

灼熱の白濁で口内粘膜を焼かれ、鼻腔から脳髄まで濃厚すぎる精臭に侵されたレイアの脳に、クロトの快楽の呻きが響く。ズクンと胸の奥を疼かせるその甘美な言葉にレイアは肉棒から口を離せなくなり、瞳にうっすらと涙を浮かべながらも、惑乱したままゴキュッゴキュッと白濁を嚥下し続けてしまう。

（ふあぁっ、お口のなかも、喉の奥も、おなかのなかまでぇっ。熱いドロドロがへばりついてっ、狂おしいほどにジンジンと疼いていますっ。これが、このわたくしのすべてを溶かしてゆきそうな熱い奔流が、クロトのわたくしへの想いなんですのっ？　んぷあぁっ、まだ、まだ出ていますわっ。このままではわたくし、本当におかひくなってぇっ）

「ムチュチュパッ、はひぃっ、ふぁひぃぃ～っ！　わたくひっ、ジュルジュル、わたくひぃっ、ゴキュンッ。らめぇぇっ、もうらめれしゅのぉ～っ！　んぷぷっ、ぷひあぁぁ～～～っ!?」

とうとうレイアは精液を嚥下しながら絶頂を迎えてしまい、その薔薇の唇に肉棒をねじこまれたまま中庭にくぐもった嬌声を響かせる。淫術に蕩かされたその肢体は、喉を流れ落ちる白濁のドロリと粘ついた感触すらも快楽へと書き換え、脳に圧倒的な快楽の奔流を注ぎこんでレイアを倒錯の絶頂に溺れさせていった。

そして、長い長い射精が終わる。レイアはその唇に肉棒をだらしなく咥えたまま、瞳の焦点をフワフワと漂わせ、精飲の快楽に酔いしれて呆然としていた。無意識のまま懸命に嚥下したとはいえクロトの射精量はあまりに膨大で、唇の隙間からはドロドロの白濁がドプドプと溢れ、その魅惑の唇をテラテラと淫靡に彩っていた。

「ふあぁ～っ……。すごくきもちよかったです、レイア様。僕、いっぱい射精しちゃいました」

「んぷ……ぷぁ……。しゃせぇ、ですのぉ……？」

クロトがその胸を埋め尽くす大きな感動を伝えるべくレイアに話しかけると、しかしレイアはキョトンとした表情でぼんやりとクロトを見上げていた。どうやら射精が何を意味するのか、理解できていないらしい。

「射精っていうのは、普通はセックスでお互いが最高に気持ちよくなった状態でする男の行為です。こうやって精液、ザーメンをいっぱい吐き出すんです。でも僕、レイア様のお口が気持ちよすぎて、お口のなかに射精しちゃいました。僕、レイア様のお口とセックスしちゃったんですね……」

「……ふぁ……あ、あうぅっ。そ、そんなの、恥ずかしいでしゅ。恥ずかししゅぎましゅわぁっ」

クロトの説明でようやく事態を理解したレイアは、あまりの羞恥に真っ赤になって俯いてしまう。その反応も当然であろう。それはすなわち、レイアの唇は性器そのものだと言われたも同然なのだから。

だがクロトは、それを恥だと捉えて欲しくなかった。むしろそれはクロトにとって、大いに喜ぶべきことなのだと知ってほしかった。

そしてクロトは気がつくと、今度は自ら腰を前後させ、勃起したままの肉棒でレイアの口内をジュプジュプと掻き回していた。

「むぷむぷ、あぷぷぅっ。ク、クロト、なにをひゅるんでしゅのぉっ？」

「ハァハァッ。す、すみませんレイア様。レイア様のお口が魅力的すぎて、僕、またたまらなくなっちゃいました。このままもう一回レイア様のお口と、お口マ×コとセックスさせてくださいっ」

クロトはそう叫ぶとレイアの美貌に向かいガツガツと腰を振りたて、大量の唾液と白濁の残滓で蕩けそうなほどにぬかるみきっているレイアの口穴をジュプジュプとイラマチオで犯してゆく。

「あむむっ、むひぃんっ！　ひどいっ、ひどいでしゅわぁっ。わたくひのおくひを、んぽぽっ……オ、オマ×コ……おくひマ×コだなんてぇっ、むぷぷぅ〜っ」

皆の憧れの的であったその薔薇の花びらのような魅惑の唇を、淫猥な性器扱いされてなおかつ好き放題に口辱され、レイアは激しいショックに力の入らない拳でポコポコとクロトの太股を叩く。

しかしクロトはそこに侮蔑の意思などないのだと伝えようとするかのように、今度はじっくりじっくりとレイアの口内粘膜を肉棒でこそぎ上げ、レイアに口辱の快感を送りこんでゆく。

「ち、違いますよレイア様っ。僕は本当に、レイア様のお口を素敵だと思っているんです。だからほら、こんなにもチ×ポが喜んでいるでしょう。普通は一度射精したらいったんは小さくなったりするんですけど、レイア様のお口が魅力的すぎたから、全然イキ足りなくってこんなになっているんですよ」

「んぽんぽ、ジュポポッ。しょ、しょうなのれしゅか？　わたくひのおくひに魅力をかんじて、ジュププッ、クロトのおひ×ぽは、まだこんなに……。んむむぁーっ？　ほおの内側を、かたいオチ×ポがゾリゾリとぉっ。おくちがジンジンしびれてっ、わたくひっ、わたくひぃ～っ、んぷむあぁ～っ」

淫術の影響により性器同様の淫らな反応を示すようになったレイアの口内粘膜は、クロトの肉棒にじっくりとこそぎ上げられ掻き回されて、それこそ口マ×コという言葉を否定できないほど淫らに疼きだしてゆく。

「ああ、レイア様、お口をズボズボされて感じてしまっているんですねっ。そうしてお口ですごく気持ちよくなれるのも、魅力的なお口、お口マ×コだからなんですよっ。

くうぅっ。僕も今、気持ちよくてたまらないですっ。僕もレイア様も一緒に気持ちよくなれる、レイア様のお口は最高に魅力的なお口マ×コですっ」

「んぶんぶっ、ふむっ、はむうぅ～んっ。ジュプジュプッ、グポポッ。むあぁっ、ハヒィ～ンッ。ズポズポッ、ああ、わたくひぃ……わたくひのおくひは、クロトをよろこばせる、おくひマ×コなんですのぉっ？　ジュポジュポッ、むぷぁっ、ぷあひぃ～んっ」

両目をギュッと閉じ心地よさそうに腰を振り続けるクロトを見上げていると、レイアは次第に己の口がどうしようもなく淫らであることも、喜ばしいことのように思え始めてしまう。

いつしかレイアは抵抗をやめ、クロトの欲するがままに己の口穴を差し出していた。唇をすぼめ、頬をへこませ、できるだけ肉棒が快感を得られるように無意識にクロトを受け入れてゆくレイア。そしてその両手はタプタプと弾んでいた玉袋に添えられ、袋のなかの睾丸を壊れ物を扱うようにそっと握りながらクリクリと刺激する。

「くあぁっ！　レイア様のお口のなか、ヌルヌルがズリズリこすれてものすごく気持ちいいですっ。それに、くうぅっ、タマまで刺激してもらえるなんてっ。レイア様のお口マ×コとのセックス、最高ですぅっ」

クロトはガクガクと腰を振りたてながら、股間から生じる途方もない快楽にブルブルと身悶える。いつも見上げるばかりだった高貴な存在であるレイアが自分の前にひざまずき、その瞳をうっとり蕩けさせてこちらを見上げているその様もまた、ゾクゾクとする興奮をクロトの背筋へ送りこむ。

そして再び、クロトの射精欲求が限界へと近づいてゆく。と同時にクロトのなかで、レイアを完全に自分のものにしたいという欲求が狂おしいほどに膨れ上がる。

「くうぅ～っ！　またイクッ、イキますよレイア様っ。レイア様を僕のザーメンで、染め抜いてあげますからっ。うあぁぁぁ～っ！」

そしてクロトは射精の直前にレイアの口内から肉棒をヌポンッと引き抜くと、その魅惑の唇に亀頭をズリズリと擦りつける。射精寸前の敏感な亀頭に魅惑の唇がムチュリと押しつけられる天上の快楽にクロトはブルブルッと背筋を震わせ、とうとうレイアの美貌めがけてドバドバと灼熱の精液をぶちまけた。

ドビュドビュゥッ！　ビチャビチャッ、ベチャベチャベチャッ!!

「んぷあぁぁ～っ!?　あついぃっ、お顔があついですぅ～っ！」

あっという間にその美貌を特濃の白濁に覆い尽くされて、レイアは湧き上がる倒錯の快感に悶絶し、ビクッビクッと肢体を痙攣させる。

ドパドパとへばりついた白濁は強烈な熱を持ってジンジンとレイアの美貌を責め苛み、濃厚すぎる精臭によりその脳髄をジクジクと蕩けさせてゆく。

「アヒィッ、ハヒイィィ〜ッ！　お顔がっ、お顔がとけてしまいますわぁ〜っ。わたくひのお顔はっ、んぷぷっ、クロトのザーメンに染め抜かれてしまいますのぉっ。ひあぁぁぁ〜っ！」

ジクジクと美貌を白濁に侵食されてゆく感触に、レイアはガントレットを填めた指でカリカリと頬を掻き、ビクビクと身悶える。しかし粘度の濃い白濁はへばりついたまま容易には取れず、レイアの思考までもグチュグチュに混濁させてゆく。

「あぁ……レイア様が僕の、ザーメンまみれに……。とても素敵です、レイア様……」

クロトはそんなレイアを見下ろしながらうっとりと吐息を漏らし、肉棒に付着した残滓をレイアの唇でぬちぬちと拭い取ってゆくのだった。

「ヒイィンッ！　ク、クロト、もうよいのですっ。もう許してくださいぃ〜っ。んふあぁ〜っ」

闘技場と客席とを隔てる胸の高さほどの低い壁の、その手すりに両手でしがみついたレイアが、鋼鉄製のブーツに包まれたしなやかな美脚をはしたなくもがに股に開き、ガクガクと腰を震わせている。

レイアの股の間に潜りこんだクロトはスカートのなかに顔を埋め、レイアの秘唇を舌で徹底的にねぶり回していた。

「ベチョッベチョッ、ジュパジュパッ。気にしないでくださいレイア様。初めてなのにあんなにお口でチ×ポを気持ちよくしてくれたレイア様に、いっぱいお返ししたいんです。だから遠慮せずに、たくさん気持ちよくなってください。ムチュジュパッ、ネロネロォ～ッ」

「アヒイィ～ッ？　そんなにアソコを、オマ×コを広げないでぇっ。ヒアァンッ、内側をネロネロ舐めないでぇ～っ。ンアァァッ、わたくしもうっ、もうダメェッ！　イクッ、イキますっ、何かが出てしまいますぅ～っ！　んふあぁぁ～っ！」

レイアはクロトに秘唇をクニッとくつろげられて媚肉をベロベロと舐め上げられ、湧き上がる快感に潮を噴きながら太股をブルブル震わせ、絶頂を迎えてしまう。

「ハァッ、ハァッ……。ンアァ……わたくし、もうダメです……。お股がジンジン痺れて……立っていられません……ふあぁ……」

手すりにぐったりと上体を預けたレイアが、その麗しの肢体をヒクヒクと痙攣させながら呟く。クロトの執拗な舌奉仕にレイアは何度も絶頂に押し上げられて、うっすらと楕円を描く慎ましやかな秘唇はピクピクと悩ましげな蠕動が止まらなくなり、わずかに覗く小陰唇はピラピラと控えめに痙攣してしまっていた。

なぜこんな状態になっているのか、レイアは自分でもよくわからずにいる。口奉仕を終えて呆然としていたところに、その献身的な奉仕に感激したクロトにお返しをしたいと申し出られた。恥ずかしさから遠慮したレイアであったがクロトに強引にスカートのなかへ潜られ、逃れようと壁をつかんだもののそのまま舌愛撫に蕩かされて何度も絶頂へ導かれ、腰砕けになってしまったのだった。

心地よさそうにヒクつくレイアの濡れそぼった秘唇を見てようやく満足したのか、クロトはもぞもぞとレイアのスカートのなかから這い出す。そして濡れそぼった口元を指で拭いながらレイアの背後に回ると、そのガチガチに反り返った肉棒の先端をうっすらと口を開けたレイアの秘唇にクニッと押し当てた。

「ふあぁ……クロト、何を……？」

舌愛撫による度重なる絶頂にすでに脳髄まで蕩かされてしまったレイアは、すっかり聡明さを失って、次の行為を予想する頭も働かずにいた。レイアは背後を振り返り、濡れた瞳でぼんやりとクロトを見つめながらそう尋ねる。

するとクロトはレイアを安心させるようにニコッと微笑み、その細くくびれた腰を両手でしっかりとつかむと、グイッと腰を突き出してゆく。

「いきます、レイア様……。僕と、一つになってくださいっ。くうぅっ……」

「ンヒィッ？　んくっ、くうぅんっ、ひあぁぁーっ!?」

そして、レイアの慎ましやかな秘唇はみっちりと広げられ、処女膜をズブリと貫かれる。次の瞬間には、狭い膣穴に剛直がみっちりと埋めこまれてしまっていた。

「ンアァ……アァァ……。わ、わたくし……クロトと……」

「はいっ。僕、レイア様と今、一つになっています。レイア様と、セックスしているんです」

感激に嬉しそうに声音を震わせるクロトの一方で、レイアは全身を貫いた強烈な衝撃に口をパクパクさせながら呆然と手すりにしがみついていた。処女を失ったショックも、クロトに純潔を捧げた悦びも、どこかぼんやりと感じられて人ごとのようであった。

「それじゃ、レイア様……動きますね……くうぅっ」

そんなレイアに実感を送りこむかのように、クロトは腰を使いだし、レイアの膣穴を肉棒でぬぐっぬぐっと掘り返してゆく。

レイアの膣穴は、ミールの包みこむようなフィット感とも、ライカのぬめりにぬめった蕩けた感触とも違う、その高潔な精神を体現したかのような強烈な締めつけでクロトの肉棒に鮮烈な快楽を送りこんでくる。腰を前後させながらも思わずその収縮に呻きを漏らすクロトだが、しかしそのキツさと表裏一体の快感がクロトの興奮をますます滾らせてゆく。

「くあぁぁっ！　レイア様のオマ×コ、キツキツですっ。僕のチ×ポを、痛いくらいに食い締めていますよっ、くうぅ～っ」

「アンッ、アンッ。そんなことを言われても、どうしてよいかっ、アァアンッ。ひぐぅっ。クロトのオチ×ポ、大きすぎですっ。おなかが破れてしまいますぅっ、アンッアンッ」

クロトが強烈な締めつけを感じているのと同じく、レイアもまた途方もない圧迫感に苛まれていた。一突きされるたびにおなかの奥までミチミチと押し広げられてゆくようで、その衝撃に全身がビリビリと痺れてしまう。レイアは立っていることすら容易ではなく、手すりに必死でしがみつきながらがに股に開かれた美脚をはしたなくもガクガクと震わせ、鋼鉄製のブーツからカチャカチャと金属音を響かせる。

クロトはそんなレイアのはしたない姿をバックから眺めながら、ますます劣情が狂おしく滾ってゆくのを感じていた。騎士団の長として常に颯爽と立っていたあのレイアが、己の肉棒に貫かれてまともに立つこともかなわずにはしたないポーズで美尻を突き出している。

あまりの興奮にたまらなくなったクロトは、美尻にパンパンと腰を打ちつけながらレイアの狭い膣穴をズグズグと貫き、その感触を徹底的に味わってゆく。

「アヒィッ、ハヒィンッ！　クロト、ダメですぅっ。そんなに激しくされては、わたくしこわれてっ、おかしくなってぇっ。アンアンッ、ダメェ～ッ」

「くうぅっ。だ、大丈夫ですよレイア様っ。レイア様のオマ×コ、とってもキツキツですけど、なかはしっかりヌルヌルですしっ。ギュムギュム締めつけてくるけど、チ×ポでゾリッッと擦り上げれば、ビクビクッて気持ちよさそうにヒダヒダが震えるのがわかりますからっ」

レイアの膣穴は挿入に苛烈な反応を示すものの、膣襞のヒクつきから決して抽送を拒んではいないことをクロトは本能的に悟る。ならばとクロトはズコズコとレイアの膣穴を突き上げながら、引き抜く際にカリ首で膣襞をゾリゾリ削り上げてレイアに痺れるような快感を送りこんでゆく。

「アッアッ、い、いやっ。そんなこと、言わないでっ。わたくしのはしたない部分を、解説しないでくださいっ、アンアンッ、アヒイィッ」

「んあぁ～っ。レイア様が恥ずかしがると、ますますオマ×コがギュンギュン締まりますよっ。まるでズコズコと強引にこじ開けてほしくて、わざとキツキツにオマ×コのなかを狭めてるみたいですっ」

「そ、そんなことあるわけがっ、ハヒイィンッ！　ダ、ダメェッ、乱暴に突いてはぁっ、アハアァ～ンッ！」

クロトの指摘どおり、レイアの膣穴は突けば突くほどもっと乱暴に割り裂かれたいとばかりにキュムキュムッと淫らに収縮を繰り返す。そんなレイアの反応がまるで彼女の素直になりきれない心のようで、クロトは夢中になって腰を振りたくりレイアの膣穴をズボズボと激しく抉り抜く。

「アヒアヒッ、ハヒイィ～ッ！　アソコがっ、オマ×コがあついですっ。はげしくこすられすぎてぇっ、ビリビリしびれてしまっていますぅっ、ンアァァ～ッ」

「くあぁ～っ。キツキツオマ×コをチ×ポでムリムリッて広げる感触、たまらないですよっ。何度も乱暴に押し広げられて、レイア様のオマ×コがピクピクってエッチに悦んでますっ。あのレイア様のオマ×コが、イジメられるのが大好きなマゾオマ×コだったなんてっ」

「アンアンッ。マ、マゾッ？　な、なんですかそれはっ。わ、わたくしは、イジメられて悦んでなどいなっ、アヒィッ、はげしすぎるのぉ～っ！」

己のマゾ性を否定しようとしたレイアであったが、カリ首にゾリゾリと乱暴に膣壁を引っ搔かれた衝撃でビクビクと肢体が痙攣し、口にしかけていた言葉はむなしく霧散してしまう。

それを見たクロトはさらに乱暴な抽送でレイアを追いこんでゆく。

「マゾっていうのは、イジメられるのが大好きな人のことです。レイア様のオマ×コは、乱暴に犯されるのが大好きなマゾオマ×コなんですよっ。ほらっ、ほらっ。ゴリゴリとオマ×コの壁を削られて、奥から愛液を垂らしながらビクビク悦んでいますよっ。乱暴なセックスがきもちよくてたまらないんですよね、マゾオマ×コのレイア様っ」

「アッアッ、アヒィッ、ハヒイィィ〜ッ！　そんな、そんなぁっ。わたくしのオマ×コは、マゾなどではっ、マゾオマ×コなどではぁっ、アァア〜ンッ！」

レイアはその背徳の事実を受け入れまいと懸命になるものの、強烈で執拗な抽送にたちまち腰砕けになり、むしろその秘めたマゾ性を証明する形となってしまう。

もちろん初めての性交でここまで反応してしまっているのは、淫術によりその麗しき肢体が淫らに狂わされているからなのであろう。だがやはりそういった反応を示す大本には、本人も知らぬマゾ気質が眠っていたのは確かであったようだ。

気づけばクロトはレイアをバックから突き上げるうちに徐々に前に進み出ていたようで、クロトはいつしか壁を前にして逃れられないレイアを立ちバックの態勢でズブズブと激しく犯していた。並んで立てばレイアの方が遥かに長身であるはずが、悦楽によりがに股に崩れた美脚によって同じくらいの頭の高さになっている。

「ハァハァッ。レイア様の締めつけオマ×コ、気持ちよすぎてたまらないですっ。レイア様は気持ちいいですか？　キツキツオマ×コをズポズポバックから抉られて、気持ちいいですか？」

クロトはレイアの胴に手を回しその白銀の鎧にしがみつき、激しく腰を振りたてつつレイアに卑猥な質問を投げかける。するとレイアはガクガクと身体を揺さぶられて必死で手すりにつかまりながらもなんとか振り返り、しっとりと潤んだ瞳でクロトの顔を切なげに見つめてくる。

「アンアンッ。ク、クロト、はしたない女だと軽蔑しないでくださいっ。わ、わたくし、クロトに何度も激しくオ、オマ×コを突き上げられて、ンアァッ。オマ×コが、熱く疼いて仕方がないのですっ。ジンジンと痺れて、仕方がないのですぅっ、ンアァァ～ッ。わ、わたくしはおそらくっ、乱暴なセックスで感じてっ、きもちよくなってしまっているのですぅっ、ヒアァ～ンッ！」

激しい抽送の前にとうとう本心を告白してしまったレイアは、その顔を羞恥で真っ赤に染めながらも甘い嬌声を上げてピクピクと悶絶する。その奥ゆかしくも破廉恥な、愛らしい告白にドキンと胸が高ぶったクロトは、振り返るレイアの唇にムチュッと唇を押しつけるとさらに激しく腰を突き上げる。

「レ、レイア様っ。ムチュルッ、チュバチュパッ。軽蔑なんて、するわけありません。レイア様が気持ちよくなってくれるのが、僕は一番嬉しいんですっ。さあ、このままイッてください。思いっきりオマ×コを突き上げますから、最高のアクメを感じてくださいっ」

「んむむっ、ぷあぁぁっ。アンアンッ、アヒィンッ。はげしいっ、はげしいですっ。

オマ×コあついっ、とけてしまいます、クロトォッ。ヒアァァ〜ッ」

クロトはレイアに背後からギュウッとしがみつき、火の出るような勢いでそのきつく収縮する膣穴をズボズボと徹底的に抉り抜く。レイアは無意識にさらにはしたなくがに股になり腰を後ろに突き出して、苛烈な抽送を自ら受け入れて送りこまれる鮮烈な快感に絶頂へと押し上げられてゆく。

そしてとうとう、レイアの膣穴が絶頂の予兆にギュギュゥッと強烈に収縮する。クロトは肉棒が食いちぎられそうなその締めつけに必死で耐え抜くと、残る力を振り絞って収縮した膣穴をガツガツと抉り上げ、トドメとばかりに膣奥へ亀頭をズコンッと勢いよく突き立てる。その瞬間、電撃のような快感がレイアの背筋を駆け抜け脳天を貫き、レイアはクルンと瞳を裏返し大きく口を開けて絶叫する。

「ンヒッ、アヒイィイーッ!?　イクイクッ、オマ×コイクッ、イキますぅーっ！」

レイアの絶頂の咆哮と共に、その膣穴が再びギュムギュムッと肉棒全体を搾り上げる。たまらずクロトも限界を迎え、レイアの膣奥に向かい勢いよく精液を噴射した。

ドブドビュッ、ビュククッ、ドビュドビュブビューッ!!

「くはあぁーっ！　レイア様っ、イキますっ、オマ×コでイキますっ！」

「ハヒイィイーッ!?　ドビュドビュ出ていますっ。わたくしの、ビクビクイッているオマ×コにぃっ。あついザーメンがビシャビシャあびせられていますぅっ、アヒィッ、キャヒイィィーーンッ！」

　絶頂にギュムギュム収縮する膣穴にブビュブビュと大量の精液をぶちまけられて、レイアはその薔薇の如き高貴な唇から甲高い嬌声を迸らせながら淫らに悶絶する。そしてその膣内射精による快感がますます膣穴を淫らに収縮させ、一滴残らず精液を搾り取ろうとするかのように肉棒をムギュギュギュゥゥッと扱き上げていった。

「くあぁーっ！　レイア様のオマ×コ、イキながらギュムギュム締まってるぅっ。出ますっ、また出ますよレイア様っ。レイア様のオマ×コのキツイ締めつけが気持ちよすぎてっ、僕のチ×ポ、ザーメンが止まらなくなっちゃいますっ、くはあぁぁ～っ！」

「ンハアァァ～ッ！　でていますわっ、でつづけていますぅっ。わたくしのオマ×コが淫らなマゾオマ×コだからぁっ、アヒィッ！　クロトのオチ×ポを締めつけすぎて、射精の止まらないザーメンオチ×ポにしてしまいましたぁっ、ハヒイィィ～ッ！　ヒアァァッ、おなかいっぱいっ、オマ×コいっぱいですぅっ。でもまたっ、またイキますっ、ドピュドピュされつづけてオマ×コイキっぱなしになりますぅ～っ！　ンアヒイィ～～～ンッ！」

　レイアは手すりにしがみついたままグイッとおとがいを反らし、呆然と天井を見上げながら脳髄が蕩けだしてしまいそうな連続絶頂に溺れてゆく。

　やがてその意識は快感の奔流を受け止めきれずにフッと焼き切れ、意識を失った身体もカクンと脱力してその場にへたりこんでしまう。

クロトもまた激しい性交と連続射精にいつしかぐったりと力尽き、レイカの身体を後ろから抱き締めたままトスッと地面に腰を下ろす。そして幼な子のようにその背中に頬を預けると、スゥッと眠りに落ちてゆくのだった。

第八章 騎士団丸ごと処女独占！

「なんとか他の騎士たちを巻きこまずに済む方法はないのですか？」

決闘にてクロトに敗れたレイアはその身を差し出し、純潔を失う代わりに淫術による防護を得られる肉体となった。ならば後は自分と、そして姉妹たちだけでどうにかなるのではないかと、淡い期待を胸にレイアはミールに尋ねる。

「いえ……。魔物の数は膨大です。レイア姉さまの剣技を持ってしても、限られた淫術の効果時間の間では、殲滅は難しいかと……」

しかしミールはそう非情に告げて、ゆっくりと首を横に振る。その様子を見て、レイアは肩を落とす。そんな二人に、ライカは明るく声をかける。

「まあ、団員たちにも聞いてみようぜ。アイツらもたぶん皆、覚悟は十分にしているだろうからさ」

「それはわかっていますが……。できれば、彼女たちをつらい目に合わせたくはないのです……」

表情に陰を落とし胸の前で無力を噛み締めるようにキュッと拳を握るレイア。しかしそんな真面目なレイアを、ライカはニヤニヤとからかう。

「そんなこと言って〜。クロトに抱かれて、つらいどころか幸せだったんだろ、レイアは。それとも、ハハ〜ン。大事なクロトを騎士たちに取られたくなくてヤキモチを焼いてんのかな？」

「な、なぁっ？　何を言うのです、ライカお姉様っ。わ、私は騎士の皆のことを思って……。も、もうっ。笑わないでくださいっ」

ライカにからかわれ、レイアは真っ赤な顔で取り乱す。そんな普段は見せないレイアの顔に、ミールも小さく笑みをこぼす。

そんなふうに非常事態でありながら和やかなやりとりを見せる美姫三姉妹を、クロトはにんまりと笑顔を浮かべて見つめていた。誰もが憧れるそれぞれタイプの違う三人の美姫と、クロトは関係を持ってしまった。それは仕方のないことであったとはいえ、クロトにとっては役得であったのは正直なところで、思わず頬が緩んでしまう。

「な〜にニヤニヤしてんだよ、クロト」

「えっ？　いやあの、別にニヤニヤなんてっ」

突然ライカに水を向けられ、クロトはあたふたと言葉を探す。と、ライカがガシッとクロトの肩に腕を回し、グイッとその豊満な胸にクロトの顔を抱き寄せる。

「まあ、ここからはアタシに任せておきなよ。クロトも楽しみにしてな。いい目を見させてやるからさ」

そう言ってクックックッと笑うライカが何を考えているのかはクロトにはわからなかったが、彼女の発したその魅惑的な言葉に思わずドキドキと胸を高鳴らせてしまうのだった。


幻夜草の花畑にて姫百合騎士団が一網打尽に捕らわれてから、五日の後。姫騎士三姉妹を除く七人の女性騎士は、打ち捨てられた古城の中庭にある闘技場にて枷に繋がれていた。彼女たちは上半身は鎧姿のまま、三つの穴が開いた一枚板に首と両手首を嵌めた状態で拘束されている。そして下半身は下着のみを残した状態で、腰を折り曲げて尻を突き出した卑猥なポーズで横一列に並ばされていた。

やがて一人また一人と眠りの術の効果が切れてゆくと、騎士たちは意識を取り戻し、そして現在の己の状況に驚愕する。

「ん……ハッ？　こ、これはっ？」

「くぅっ。な、なんだこの枷はっ。レイア様はご無事なのか？」

やがて混乱する騎士たちの前に、レイアとライカが姿を現す。その無事な姿を確認した騎士たちは一様に、安堵とため息を漏らした。

さらに、その背後にはクロトの姿も見えた。何人かの騎士は、騎士団とは関係のない宮廷魔術師であるクロトがそこにいることに怪訝な顔をする。

「あ～、コホンッ。みんな混乱しているだろうけど、今から現状を説明するから聞いてくれ。それじゃレイア、後はよろしく～」

いかにもと自分から話を切り出しておきながら丸投げしてくるライカにレイアはピクッと眉を震わせるが、しかしいつものことでもあったので特に問い詰めもしなかった。

「皆、聞いてください。私たち騎士団はあの幻夜草の咲く平原で奇襲を受け、たった一人の魔術師に敗北してしまいました。その魔術師こそがこの、クロトです」

レイアの言葉に、騎士たちはどよめく。あのレイアが敗北を認めたという事実もショックであれば、奇襲とはいえひ弱な魔術師の少年に騎士団の精鋭が全滅させられたというのが皆、信じられなかったのだ。

そしてレイアはさらに言葉を続ける。魔物の危険性を見抜いたクロトが、無謀な進軍を止めるためにあえて罠を張ったこと。そして魔物の力と同種であるその罠を突破できなかった以上、あのまま突撃していれば全滅は必至であり、それを止めてくれたクロトには騎士団の長として感謝していることを述べた。

騎士たちもケイトが媚毒に屈した凄絶な姿は今も目に焼きついているため、魔物の強大さを改めて実感していた。そして同時に他でもないレイアがクロトに感謝の意を示していることで、奇襲という行為に不満は抱けど、それを公《おおやけ》に責めることはできなかった。

レイアに持ち上げられてクロトは照れ臭そうにはにかみ、もじもじしながら後方で話を聞いていた。だがそこであることに気づく。本来、あの作戦はミールが考えたものだ。だがレイアの説明にはミールの名前は出ず、必要以上にクロトを持ち上げるものだった。

不思議に思っていると、今度は再びレイアからライカへと話し手が移る。するとライカは後ろに控えていたクロトをグッと騎士たちの前に突き出し、その腕をガシッとクロトの肩に回した。

奇襲により不覚を取った屈辱と、そして今馴れ馴れしくもライカに密着されている様子に、騎士たちのなかで様々な感情が渦巻き鋭い視線がクロトへと突き刺さってくる。クロトは思わず額に汗を滲ませてしまう。

とそこで、ライカが皆の前でとんでもないことを口にし始める。

「さて、おまえたちさ。クロトの魔術師の家系が、淫術っていう妖しげな術を扱う家系だったってのは噂で聞いたことがあるだろ。実は、それは本当のことだ。アタシらが無様に全滅させられたのも、その淫術のせいさ。そして、ケイトに屈辱を味わわせた魔物を倒すには、今のままのアタシたちじゃムリだ。クロトの淫術の力を借りなくちゃならない」

ライカの言葉に、騎士たちは唇を噛み締める。騎士の国として、自分たちの力が魔術師に及ばないと断じられるのは屈辱であったが、しかし騎士のトップ2であるレイアとライカがそれを認めている以上、異論を挟む余地はなかった。

「アタシたち二人は、クロトの淫術の力を借りる覚悟を決めた。もしおまえたちも魔物討伐のために引き続き力を貸してくれる気があるなら、クロトを受け入れてほしい。ただ、これは強制じゃない。女として失うものがあるからさ。辞退して王都に戻っても咎めはしないよ。でも、それでもかまわないなら、皆の力を貸してほしいんだ。どうだい？」

ライカの問いかけに、騎士たちはだが熟考することもなく皆すぐに速断し頷いて見せた。元より団長そして副団長に忠誠を誓う身。今さら魔物に臆して逃げ出すなどありえない判断だった。

しかしそんな騎士たちの従順な姿を見たライカは、ニィッとなんとも妖しい笑みを浮かべる。

「そうかい。おまえたちがそう言ってくれて、嬉しいよ。さて、それじゃ今からアタシたちが、クロトの淫術の力を借りる方法ってヤツを見せるからね。一応、後から考えが変わったならそれでも構わないよ。さあ、クロト、始めようかっ」

一度騎士たちをグルリと見回してから、ライカはそう言うとレロリと淫靡に唇を舐め回し、クロトの衣服を脱がせにかかった。

「ええっ？　ラ、ライカ様っ、ダメですよぉっ。ひゃあぁ～っ」

「これからはライカおねえちゃんって呼ぶって約束しただろ、クロトッ。そらっ」

ライカからまったく話を聞いていなかったクロトは、突然皆の前で衣服を脱がされ動転してしまうが、しかしライカに力で敵うはずもなくあっという間に全裸に剝かれてしまう。

その光景を騎士たちは困惑しつつも、しかし取り乱すこともなく見つめていた。だがクロトの剝き出しの股間が目に入った瞬間、皆一様にヒッと息を呑んで驚愕の表情を浮かべる。

少女のように小柄なクロトの裸体など、目にしたところで騎士たちの精神に動揺を及ぼすことはなかった。しかしただ一点、その股間で隆々といきり立つ長大な肉の棒のあまりの迫力に、牝の本能が刺激されて精強な女騎士たちも思わず怯んでしまったのだ。

「フフ。ビックリしたかい、おまえたち。こんなかわいらしい顔をして、すごいモノを持っているだろう、クロトは。いいかい。魔物の媚毒に抗う力を得るには、コイツで女にしてもらった上で、女の悦びってヤツを身体にしっかりと覚えこんでおかなきゃいけない。でないと、想像以上の感覚に理性を狂わされて、ケイトのようにされちまうんだとさ」

クロトの股間から顔をそむけながらライカの話を聞いていた騎士たちであったが、そこではたとある事実に気づき、驚愕する。

そして騎士の一人、一番右の枷に繋がれていた、青髪を襟足で切り揃えた聡明な女騎士、シャノンが驚きの表情でライカに尋ねる。

「で、ではライカ様っ。あ、貴女と、そしてレイア様も……クロト君のそ、それを……その身に受け入れたというのですかっ？」

シャノンの問いに、他の騎士たちも一様に息を呑む。するとライカはニヤッと笑い、装備していた胸当てを豪快に外してその爆乳をブルンと惜しげもなく晒す。そして背後からギュウッとクロトを抱きすくめると、黒い籠手を嵌めた手をその股間に伸ばして楽しそうに肉棒をキュッと握り、シュッシュッと扱き立て始めた。

「ああ、そうだよ。アタシはこの太くて硬いもので、クロトに女にしてもらい、たっぷりと愛してもらったのさ。レイアも、な。ほら、近くに来て皆に見せてやりなよ」

「は、はい……。アァ、恥ずかしいです……」

ライカの返答に衝撃を受けるシャノンたち騎士の面々に、さらに追い討ちをかけるようにレイアがおずおずとクロトに近づき、その唇をツイとクロトの唇に重ねる。

「そ、そんなっ。レイア様までっ？」

「アァッ、あのレイア様が……男と、接吻などっ……」

元々奔放なライカの淫らな行動以上に、高潔で騎士団の象徴であったレイアが口づけを晒した姿は、より強烈な衝撃を騎士たちに与えた。

さらにレイアはそのままスッとクロトの前にひざまずくと、ライカが扱き立てるクロトの肉棒にそっとその薔薇の花びらのような唇を近づけ、カウパーの滲む亀頭にチュッ、チュッとキスの雨を降らせてゆく。

「くあぁっ。騎士団のみんなが見ている前で、ライカおねえちゃんに手コキされながら、レイア様にチ×ポキスされてるなんてぇっ」

「フフン。そんなこと言って、チ×ポはしっかりガチガチじゃないか。この状況で怯みもせずにこんなになるんだから、頼もしいよねぇクロトは」

「アァン、本当に……すごいです、クロト。いつも以上に逞しくてぇ……この濃厚なお肉の匂いで、わたくし、クラクラしてしまいますぅ……チュプッ、ムチュッ」

国で一、二を争う騎士であり美姫である二人が、うっとりとした顔で少年に奉仕している様子は、騎士たちをすっかり困惑させてしまう。

「そ、そんなっ。レイア様が、このようなはしたない真似をするはずがありません。……ま、まさかクロトさんが、淫術を使ってお二人をおかしくさせたのではっ？」

レイアに特に強い憧れを抱いていた栗色の髪を肩まで伸ばした女騎士、マナがイヤイヤと頭を振りながらそう叫ぶ。その声に、他の騎士たちもそうだそうだと口々にクロトを責める。

しかしレイアは黙って首を横に振ると、マナの瞳をまっすぐに見つめて真摯に彼女に話しかける。

「いえ……。それは違います、マナ。私は正常です。私は、裏切り者の汚名を着てでも私たち騎士団を守ろうとしたクロトの行動に胸を打たれました。そして彼をこの身に受け入れることで改めてその優しさを知り……今では彼を、い、いとしいと思っています……」

「レイア様……」

レイアの告白を受け、クロトは胸がカァッと熱くなる。そしてその肉棒もまた、感激にビクビクと大きく震えてしまう。

「ですから私は……クロトに悦んでいただけるなら、なんでもしてあげたいと思っているのです……。んあぁ……はぷっ……チュルルッ、チュパッチュパッ……」

レイアはうっとりとクロトの肉棒を見つめるとはしたなくも大きく口を開け、勃起肉棒をチュパチュパと淫靡にむしゃぶってゆく。

「アァン、そんなぁ……レイア様が自らの意思で、あのひ弱なクロトさんにかしずいているなんて……。クロトさんから生えているとは思えないあの長大なものを、薔薇の唇でうっとりと咥えてしまっているだなんてぇっ……ふあぁぁっ」

レイアの献身的な口奉仕を目の当たりにし、マナはとうとう何も言えなくなってしまう。それどころか想いのこもった濃厚な口淫を見せつけられ、肢体がジーンと熱くなり、枷に囚われたまま下半身をもじもじとくねらせてしまっていた。

眼前の鮮烈すぎる光景に目を奪われていて騎士たちは気づいていなかったが、彼女たちの肢体もまた眠っているうちに淫術をかけられ、発情しやすい状態に陥っていた。その方がスムーズにことが進むとのミールとライカの判断であったが、彼女たちの狙い通り、騎士たちは憧れの存在であるレイアが献身的な愛情を向けるクロトに強い興味を抱き始めていた。同時にあのレイアをうっとりと蕩けさせているクロトの肉棒の逞しさに、牝の本能を刺激され無意識のうちにその子宮をジーンと甘く疼かされてしまっていたのだった。

いつしか騎士たちは固唾を呑み、ライカの手コキ奉仕とレイアの口唇奉仕を受けてカウパーをトプトプと撒き散らしながらビクビクといきり立つ肉棒の様子を見つめていた。その熱視線がますますクロトを滾らせ、やがて射精の予兆にブルブルッと肉棒を大きく痙攣させる。

「チュポチュポッ。ぷあぁ、クロト、もうすぐ射精しそうなのですねぇ」

その反応に気づいたレイアがチュポンと唾液塗れの肉棒を唇から吐き出し、ビクつく肉棒をうっとりと見つめる。

「クロト、悪いけどもうちょっと待っててくれよ」

そう言うとライカは右手で肉棒をキュッと握って射精を封じつつ、背後から抱きすくめたままクロトを前に押し出し、勃起肉棒を女騎士たちにより間近で見せつける。

濃密な肉臭を撒き散らす射精寸前の肉棒が鼻先スレスレを通るたび、鼻腔がジンジンと侵されて、淫術により疼いていた騎士たちの肢体はますます淫らに反応してしまう。

「さて、おまえたち、もう一度聞くよ。魔物を討伐するため、かわいいクロトのこのスゴイモノを受け入れる覚悟はあるかい？　ないなら無理強いはしないよ。城に戻って防備を固めてくれ。もちろん責任は問わない。ただ、あるなら……今この場で、クロトにたっぷりと抱いてもらうことになる。アタシたちがしてもらったみたいに、ね」

ライカの言葉に、レイアがポッとその頬を赤く染める。そこには微塵も後悔を感じさせぬ、幸せそうな微笑みがあった。

あの高潔なレイアがここまでクロトを信頼し、その身も心もすっかり預けてしまっている。その事実は、レイアに絶対の忠誠を誓う騎士たちの胸をも、激しく疼かせるものだった。その上で、レイアやライカがそこまで心酔するクロトを、己が身でも受け止めてみたい。その上で、クロトがその身を捧げるだけの価値のある少年なのか、見極めたい。

そんな想いが、彼女たちのなかで大きくなってゆく。

そんななか、初めに口を開いたのはシャノンであった。

「……わかりました。私も、レイア様やライカ様のように……クロト君を、受け入れます」

「あ……わ、私もですっ」

「私もっ」

「私も……」

シャノンを皮切りに、マナも、そして他の騎士たちも一様に頷いてゆく。そうして全員がクロトを受け入れる意思を示したことを確認したライカは、ニヤリと微笑むと、楽しそうに頷いた。

「フフ。いい選択をしてくれたね、おまえたち。これであの魔物をきっちりと殲滅することができるよ。それにこれでおまえたちにも、たっぷりと女の悦びってのを味わわわせてやれるねぇ。さあクロト、まずはみんなにお祝いをくれてやりなっ」

そう威勢よく言うとライカは肉棒の根元を離し、肉幹をゴシュゴシュと激しく扱き立てて強烈な快感をクロトに送りこむ。ただでさえ美姫三姉妹に加えて美女騎士七人も己を受け入れてくれた光景を見て興奮に胸が熱くなっていたクロトは、その激しい手淫にたまらず湧き上がる快楽を爆発させる。

「うあぁ～っ！　ライカおねえちゃんっ、そんなにシゴいたら出ちゃうっ、ザーメン出ちゃうよぉ～っ！　んあぁぁぁ～っ！」

ドビュドビュドビュゥッ！　ビュクビュクッ、ブビュッブビュビューッ!!

「ひあぁぁぁっ!?　なっ、なにっ？　白いドロドロがっ、んぷぷぅっ！」

「あひぃぃぃ～っ！　あついぃっ。ネバネバが顔にへばりついてっ、んぷぁっ、とけてしまうぅ～っ！」

そしてクロトは絶頂と共に、拘束された美女騎士たちの無防備な美貌にドピュドピュと大量の精液をぶちまける。騎士団全員を相手にする可能性を考慮して己の回復力を高める淫術を使用していたクロトは、その精液量もまた副作用として大幅に増大していた。七人の美女の顔に、たっぷりの白濁が次々に降り注いでゆく。

「アハハッ。すごいよクロト、なんてザーメンの量と勢いなのさ。みんなの顔が一瞬で真っ白になっちまってるよ。ほらほら、もっと全員平等にたっぷりとぶっかけてやりなよっ」

ライカは楽しそうに笑い、背後からクロトを誘導し射精させせつつ歩かせる。七人の女性騎士の美貌は、一人残らず濃厚な白濁でベットリと染め抜かれていった。

やがて、クロトの長い大量の射精がようやく終わりを告げる。切なげに指を咥えてその光景を見つめていたレイアは、射精を終えたクロトに近づくと再びその前にひざまずく。そして残滓の濃密な精臭にうっとりと鼻腔をヒクつかせながら、クロトの亀頭にチュッと魅惑の唇を重ねた。

「アァン、すごいザーメンの量でしたよクロト。ステキでした……あむ、ぷちゅぅ……」

うっとりと射精直後の亀頭をむしゃぶるレイア。そのチュパチュパという淫らな汁音に耳朶を侵されながら、美貌を粘度の高い白濁で染め抜かれた美女騎士たちは悩ましい吐息を漏らして悶絶していた。

「はひぃぃ……これが殿方の、精液、ザーメンッ……熱いですわっ。顔が、疼いてしまうぅ……」

「んふあぁっ、こんなに濃くて、ひどいニオイのドロドロを浴びせられるなんてぇ……頭のなかまで、変になってしまいそうだぁっ……」

へばりつく白濁を拭うこともできず、その顔を淫靡な熱に苛まれ、鎧姿のまま拘束された騎士たちはビクビクと肢体を悶絶させて喘ぎ鳴く。鍛えられた彼女たちの美脚ははしたなくがに股に広がり、その中心では下着にうっすらと淫らな染みを作ってしまっていた。

「ほらレイア、いつまでしゃぶってんのさ。今日の主役はアンタじゃなくてこの子たちなんだ。ちゃんと分けてやらなくちゃダメだろう」

「アンッ。わかっていますわ、ライカお姉様……チュルッ」

ライカに促され、レイアは名残惜しげにクロトの亀頭から唇を離し、口の周りに付着した残滓とカウパーをチロリと舌で舐め取ると艶然と微笑む。

三人は横並びに拘束された騎士たちの背後へ回る。そしてライカが景気づけに、クロトの尻を平手でペシッと叩いた。

「さあクロト。まずはシャノンからだ。たっぷり楽しませてやりなよ。他の子たちは、アタシたちがしっかりと準備を済ませておくからさ。いくよ、レイア」

「は、はい。恥ずかしいですが……皆にもクロトを幸せに受け入れてほしいですものね」

レイアは羞恥に頬を染めつつも幸せそうにそう呟くと、突き出されたマナの尻の前にひざまずく。そして彼女のはしたない染みのできた下着をスルッと引き下ろし、その濡れそぼってうっすらと口を開けた秘唇にチュッと口づけた。

「ひうぅっ！　レ、レイア様、いけませんっ。そのような汚いところに、口づけなどっ、ふあぁぁっ」

「汚くなどありませんよ、マナ。とてもかわいらしい形をしています。チュッ、チュッ……。ウフフ。ますます濡れてきましたよ。心地よいのですね」

「ひあぁっ、レイア様が私のアソコをっ、オマ×コを〜っ。こ、こんな畏れ多いっ。でもでもこんな幸せなことがっ、アッアッ、ンアァァ〜ッ」

大量の顔射により濃密な精臭で脳髄をジクジクと蕩かされていたマナは、すっかり背徳の快楽に酔いしれ、甘ったるい声を上げて淫らに喘ぎ鳴いてしまう。

一方その隣ではライカが尻を突き出す騎士たちの秘唇に舌と指で三人同時に愛撫を施していた。

「ベチョベチョッ、ネロォ〜ッ。フフ、おまえたち、すっかりマ×コがヒクついちゃってるじゃないか。あのビンビンに勃起したチ×ポを見て、粘っこいドロドロのザーメンをたっぷりと顔にぶちまけられて、期待しちまってるんだろう？」

「アァンッ。は、恥ずかしいですライカ様っ、アッアァ〜ッ」

その胸の奥をズバリ指摘されて、秘所を舐られていたショートカットの女騎士が甘い声を上げ身悶える。

「恥ずかしがることないさ。あんなスゴイモノを見せつけられたら、女の本性が疼いちまうもんだよ。アタシもそうだったからさ。おや、こっちのマ×コもアタシの指を咥えながらヒクヒク震えてるよ。もう少し待ってな。すぐにアタシの指なんかとは比べ物にならないクロトのぶっといチ×ポをハメられて、天国に連れていってもらえるからねぇ」

「アッアッ、ライカ様の指が、私のオマ×コをズボズボォッ。こ、これより激しい快感だなんてっ、きっと私、おかしくなってしまいますっ、ンハアァ～ッ」

ジュプジュプと膣穴にライカの指を抽送されたポニーテールの女騎士はククッとおとがいを反らし、膣襞を擦られる痺れるような快感にピクピクと身を捩った。

愛撫を受けていない騎士たちもやがて訪れるであろう自分の順番を想像し、ゴクリと唾を呑みこんで、だらしなく開脚した美脚をプルプルと切なげに震わせている。

そして拘束された女騎士の列の端では、とうとうクロトの肉棒によって一人の女騎士、シャノンの処女が奪われようとしていた。

「あ、あの、シャノンさん……い、いきますね」

「う、うむ。クロト君、遠慮は無用だ。騎士として、覚悟はできている……」

そう言いつつも、シャノンの肢体は緊張に強張っていた。クロトは少しでも緊張をほぐせればと、突き出されたシャノンの丸尻をスベスベと手のひらで撫で回しながら、シャノンに言葉をかける。

「シャノンさん……。小さい頃は、僕の勉強を見てくれましたよね。綺麗で頭がよいシャノンさんのこと、僕、尊敬してました……」

「あ、あぁ……。そういえば、そんなこともあったわね……」

王城に遊びに来ていた少年時代のクロトの勉強を見てあげたことを思い出し、シャノンの胸がほうっと温かくなる。そしてあの小さくあどけなかった少年がこうして立派に成長し、今、一人前の男として自分を求めようとしている。それを思うと、温かくなった胸がカァッとさらなる熱と興奮を帯びてゆく。

「それじゃシャノンさん、いきますよっ。……くうぅっ」

「ンヒィッ！　んおぉぉぉ～～～っ!?」

そしてクロトの肉棒がシャノンの処女膣を割り裂いたその瞬間、シャノンは脳天を貫く電撃のような強烈な快感に、絶叫しながらビクビクッと大きく身悶えてしまう。シャノンの嬌声のあまりの淫猥さに、枷に繋がれた女騎士たちの視線が一斉に彼女に集中する。

しかし、ほどよいぬめりと締めつけを見せるシャノンの膣襞の感触にすぐに夢中になったクロトは、注目を浴びているのも気にせずにシャノンの膣穴をズブッズブッと肉棒で突き上げてゆく。

「くあぁっ！　シャノンさんのオマ×コ、きもちいいですっ。ヌチュヌチュぬめって、キュウキュウ締めつけてきてますよっ」

「アンッアンッ、ンアァァ～ッ！　ク、クロト君っ。そのようなこと、皆の前で言わないでっ、あひぃんっ！　だめっ、だめぇっ。オチ×ポの勢いが激しすぎてっ、私のオマ×コッ、ダメになってしまうぅっ、ンハァァ～ンッ」

淫術で疼かされた肢体にズヌズヌと抽送と共に快感を叩きこまれ、羞恥も騎士の誇りも蕩けだして、シャノンは淫らな単語を口にし喘ぎ鳴いてしまう。その様子にゴクリと唾を呑り、股間をもじつかせる他の騎士たち。

仲間に見られながら貫かれることで倒錯の快楽を呼び起こされているのか、シャノンはアンアンと甘く喘ぎながら、ブーツに包まれた美脚をはしたなく開き無意識に尻をクイクイと突き出してしまっていた。その騎士にあるまじき品のないポーズが征服欲をさらに滾らせ、クロトはパンパンと激しく腰を美尻に叩きつけながらより深くシャノンの膣穴を抉り抜いてゆく。

「そんなにお尻を突き出して、セックスが気持ちいいんですね、シャノンさんっ。なら、もっと激しく犯してあげますねっ。それそれっ！」

「アンアンッ、アヒィ～ンッ！　オチ×ポッ、オチ×ポすごいのっ！　ゾリゾリたくさんこすられてっ、オマ×コのビリビリがとまらないぃっ。私っ、セックスきもちいいっ、きもちいいのぉ～っ！」

とうとうシャノンは仲間たちの前でセックスの快楽を認めてしまう。そしてそれを公言したことで、シャノンの膣穴はますます大胆に蠢き快楽を貪るように収縮を始める。

「くうぅ～っ。シャノンさんのオマ×コ、エッチにグネグネしながらチ×ポをキュムキュム締めつけてきましたっ。ああっ、たまらないっ。シャノンさんのスケベオマ×コ、もっといっぱい味わわせてくださいぃっ」

「アヒアヒッ、アッアァ～ッ！　クロト君っ。チ×ポいいっ、きもちいいよぉ～っ。もっとしてっ、たくさんズボズボしてぇ～っ！」

早くもすっかり性の快楽に目覚めてしまったシャノンを見ながら、ライカとレイアは微笑み合う。

「ほら、おまえたちもよく見ておけよ。シャノンのヤツ、もの凄く気持ちよさそうだろ？」

「ええ。クロトの逞しいオチ×ポに貫かれると、何も考えられなくなって……ただただ身体が熱くなり、快楽を求めてしまうのですわ……アァ……」

尊敬する二人の姫騎士の言葉と、そして騎士団のなかでも特に真面目で聡明だったシャノンの強烈な乱れっぷりに、すっかりあてられた騎士たちは瞳を潤ませ、膣穴をクチュクチュと淫蜜で湿らせてしまう。

そしてとうとう、クロトの射精欲求が限界に達する。

「くうっ、うあぁ～っ！　もうイクッ、イキそうですっ。シャノンさんっ、このままなかに射精しますよっ！」

「ひぃぃっ？　ま、待ってクロト君っ。今出されたらわたしぃっ。なかはだめっ、なかはっ、アヒイィィ～～ッ!?　イクッ、イクウゥゥ～～～ッ！」

ドビュドビュッ、ビュクビュク、ブビュブビューッ！

シャノンの制止も聞かず、クロトはたっぷりとその膣奥に精液をぶちまける。淫術により勢いと量を増した白濁はシャノンの敏感な膣襞にビチャビチャと当たってへばりつき、シャノンを強烈な絶頂へと押し上げた。

「はひぃぃぃぃ～っ！　中出しザーメンすごいっ、すごいのぉ～っ！　イクッイクッ、イクウゥゥ～ッ！　あへぇぇぇ～～～っ！」

絶頂に打ち震える膣襞にさらに何度も灼熱の精液をぶちまけられ続け、シャノンの肢体はビクビクと痙攣し続ける。がに股に開かれた美脚は踵を浮かせてガクガク震え、肉棒をくわえこんでいる丸尻はプリプリと淫らに揺れる。

枷に填まった両手が、宙をつかむようにパクパクと開閉する。絶頂に蕩けた美貌は、瞳は焦点を失い唇はしどけなく開かれ舌まで垂らして、シャノンは騎士の誇りをかなぐり捨てて絶頂に溺れきる。

そしてその淫らすぎる光景を見守っていた騎士たちは、ゴクリと唾を呑む。シャノンはもっとも無様な顔、アヘ顔を晒して、絶頂に呑みこまれ意識を失ったのだ。

「ふぅ～っ。すごく気持ちよかったですよ、シャノンさん」

「ンアァ～……あへ……はへぇ……」

クロトは満足げに息を吐き、ビクつく膣穴から肉棒を引き抜くとそうシャノンに声をかける。しかし圧倒的な快感に意識を飛ばされたシャノンは不明瞭な言葉を返すだけで、その耳には何も届いていないようだった。肉棒を引き抜かれてポッカリ開いた膣穴からはドプドプと大量の白濁が溢れてこぼれ、ビチャッ、ビチャッと地面に垂れ落ち、精液溜まりを作っていた。

「さあ、次はマナさんですね」

クロトは爽やかに笑いながらそう告げると、残滓に塗れながらもビンビンに反り返ったままの肉棒を震わせてマナの背後に回る。レイアはうっとりと微笑みながら、マナの尻たぶを両手で割り裂いて濡れた秘唇を晒させる。

「アァッ、クロトさん、待ってっ。そんな、そんなすごいのを入れられたら、わたしっ……」

目の前でシャノンが絶頂にイキ狂わされたのを目の当たりにしたマナはすっかり慄いてしまうが、しかし肉体は裏腹に期待でフルフルと打ち震え、秘唇は愛液に塗れてピクピクと痙攣していた。

そんなマナの膣口をクロトは肉棒を構えて亀頭でぬちぬちと嬲りながら、マナの尻たぶを撫でつつ言葉をかける。

「マナさん。子供の頃、焼いてきたお菓子をこっそり分けてくれましたよね。とっても嬉しかったんですよ」

「ク、クロトさん……」

懐かしい思い出に触れ、マナの身体の緊張がフッと和らぐ。しかし次の瞬間には、勢いよく腰を突き出したクロトにマナの膣穴はズップリと貫かれてしまう。

「ンオホオォ～～ッ!?　イクッ、イクウゥゥ～～～ッ！」

憧れのレイアにたっぷりと愛撫を受けていたのに加えて隣で仲間の濃厚なアへ顔性交を見せつけられていたマナは、自分でも気づかぬうちに狂おしいほど発情していたようで、初めての性交にもかかわらずその最初の一突きで絶頂を迎えてしまう。

「アハッ。マナさん、もうイッちゃったんですか？　オマ×コビクビク震えちゃっていますよ。でも安心してくださいね。たっぷりとザーメンを中出しするまで、まだまだいっぱいオマ×コを突いてあげますからっ」

「アヒッアヒッ、ハヒイィィ～ッ！　ンオォォッ、イクッ、突かれるたびにイッちゃうのぉ～っ、はへえぇぇ～っ！」

楽しそうに膣穴に肉棒を突きたてまくるクロトに、マナは絶頂に絶頂を塗り重ねられてたちまちアへ顔を晒して悶えまくる。その卑猥すぎる光景と耳にこびりつく淫らな嬌声、そして立ちこめる濃密な精臭は、残された騎士たちの胸をもどうしようもなく熱く疼かせてゆく。

もし自分があのように激しく貫かれたら、いったいどうなってしまうのだろう。騎士たちはガクガクと美脚を震わせながら、やがて訪れるであろう脳髄まで痺れさせられるような圧倒的な快楽を想い、クチュクチュと秘唇をぬめらせ地面へタラタラと愛液を垂れこぼすのだった。


「アヒイィィ〜ッ……。ハヒッ、ンアヒイィ〜ッ……」

「ンオォォ……。ハオォォオ〜……」

七人の美女騎士たちは全員、拘束されたまま背後から処女を奪われ、膣穴へ溢れるほどの白濁をたっぷりと注ぎこまれて絶頂に意識を失っていた。

いつもはキリリと表情を引き締めている騎士たちが口から舌をデロンと垂らしたまだらしないアへ顔を晒し、広がりきった膣穴からダラダラと白濁を垂れこぼしている光景はあまりに淫靡であった。

何度も射精を繰り返してずっしりと体が重くなっていたクロトだが、その淫らすぎる光景を見ていると、またもムクムクと肉棒が首をもたげてしまう。

と、ライカとレイアが近寄ってきて、ライカは後ろからギュッとクロトを抱きすくめ、レイアはクロトの胸にそっとしなだれかかる。

「アァ、ステキでしたわ、クロト。皆をこんなにも悶え狂わせるなんて……」

「まったく、かわいい顔して大したもんだよ、クロトは」

「え、えへへっ……」

姉の如く慕う美姫二人に褒められたクロトは、何人もの騎士たちをイキ狂わせたとは思えないあどけない笑顔を見せて、照れ臭そうに笑った。

そして、闘技場の外で離れて様子を見ていたマジックドレスを身につけたミールもまた、すべてが終わったのを確認してクロトの下へ近づいてくる。

「お疲れ様、クロト……。これで騎士の皆にも、淫術の防護を施すことができるようになった。これでやっと、魔物を討伐できる。……ありがとう」

礼を述べるミールに、クロトはフルフルと首を横に振る。

「うぅん。僕はミールが教えてくれた通りにしただけだよ。ミールがいたから、レイア様やライカ様を、みんなを守ることができたんだよ。僕の方こそ、ありがとう」

そういってはにかんだ笑みを浮かべるクロトに、ミールも小さく笑みを浮かべた。

その時、ミールの背後に回ったライカが不意に、その手のひらサイズの乳房をムニュッと揉み立てる。

「ひゃうぅっ？　ラ、ライカ姉さま、なにをっ……」

「いやさ、ミールはこの城に来てから、クロトに全然抱いてもらってないんだろう？　みんな準備はできたんだから、次はもう一度ミールの番さ。なあ、レイア」

「そうですね……。ミールはここまで、よく頑張ってくれました。貴女が一番クロトを想っていたことは、私も知っています。クロトを独占されて、複雑な想いもあったでしょう？　さあ、もう我慢する必要はないのですよ……」

「ひゃあっ？　レ、レイア姉さままでっ。あぁっ、そ、そこは破っちゃダメですっ……はうぅっ」

レイアは言いながらミールの前にしゃがみこむと、手にした剣でミールのマジックドレスの股間をピピッと破ってしまう。そうして穴を開けられ露出させられたミールの膣穴はすでにトロトロに潤っており、ミールは真っ赤になって顔を俯かせる。

そんなミールの前にクロトは一歩進み出ると、ミールの華奢な肢体をギュッと抱きすくめ、そしてその濡れた膣口へ亀頭をピトッと押し当てる。

「ミール……大好きだよ」

「クロト……私も……」

二人は潤んだ瞳でジッと見つめ合うと、どちらからともなく唇を重ねる。それと同時にクロトの亀頭が膣口をヌプッと通り抜け、その浅めの膣穴に肉棒がズププッとはまりこんだ。

「んあぁ～っ！　入ってきた……クロトの、オチ×ポ……」

「うん……ミールのかわいいオマ×コに、奥までピッチリ入ってるよ……。もしかしたらミールのオマ×コが、僕のチ×ポに一番ピッタリなのかもしれないね……チュゥッ」

「あむぅ……は、恥ずかしいよ、クロト……。チュッチュッ、んむ、はぷぅん……」

うっとりと唇を寄せ合い立ったまま互いを求め合う少年と少女に、ライカとレイアは優しい目を向ける。

「なんだか、羨ましいねぇ……」

「そうですわね、お姉様……」

自分たちとはまた違った形の深い繋がり方を見せるクロトとミールを、二人の姉は微笑ましく見つめていた。

そうしてしばしじっくりと睦み合っていた二人であったが、やがてその互いを求める心は熱く燃え上がり、二人は熱烈に接吻を交わしながら激しく腰を打ちつけだす。

「ムチュムチュッ、チュパパッ。あむぅんっ、クロト、クロトォッ……」

「ジュパジュパッ、ネチョネチョッ。ああっ、ミールの唇、甘くておいしいよ。オマ

×コもキュムキュム全体を包みこんでくれて、たまらなくきもちいいよっ」

ミールはクロトの首に両腕を回し、快感に耐えながら必死でクロトにしがみつく。クロトはミールの小ぶりな尻たぶをしっかりと両手でつかむと、そのヌチュヌチュに濡れそぼった膣穴をズグッズグッと深く深く突き上げてゆく。

そうして何度も抽送を繰り返しミールの蜜壷をたっぷりと堪能していると、ミールの膣襞が絶頂の予兆にヒクヒクッと震え、クロトの肉棒にペトッとすがりつく。

「ハァハァッ。ミールのオマ×コ、僕のチ×ポにピットリ吸いついてきたよ。もうすぐイキそうなんだね、ミールッ」

「アンアンッ。うんっ、イキそう、イッちゃうのっ。大好きなクロトのオチ×ポでっ、私の、ミールのオマ×コイッちゃうのぉ～っ」

ミールはひしっとクロトにしがみつき、切なげに瞳を潤ませてクロトに愛らしくそう訴える。そんなミールをクロトはきつく掻き抱き、湧き上がる熱く激しい想いをぶつけるかのようにズポッズポッと膣穴を突き上げる。

「くあぁ～っ。僕も、僕もイキそうだよミールッ。ミール、僕も大好きっ。ミールのことが大好きだよぉっ！」

「アッアッ、わたしもっ、わたしもクロトのことが大好きなのぉ～っ！　きてっ、きてぇっ！　クロトのあついのっ、わたしのおなかにいっぱいほしいのぉ～っ！」

クロトとミールが互いの想いを熱く打ち明け合ったその瞬間、ミールの膣穴はクロトの肉棒を抱き締めるようにキュムキュムッと収縮し、最高の快楽をもたらしながらムチュムチュと揉み立てる。そして弾ける、クロトの熱い想い。

「くうぅっ、うあぁぁ～っ！　イクッ、イクよミールッ！　ミールのなかでっ、オマ×コでイクゥ～ッ！　んあぁぁぁ～っ！」

ドビュドビュッ、ブビュビュッ、ビュクビュクビュクーッ!!

「んあぁぁぁ～んっ！　あひぃっ、はひぃぃぃ～んっ！　オマ×コあついぃっ、あついのぉ～っ！　クロトのザーメンでっ、わたしのオマ×コパンパンなのぉ～っ！　イクイクッ、イッちゃうのぉっ！　クロトのザーメンでイッちゃうのぉ～っ！　はへぇぇぇ～～っ！」

ミールは蕩けるような甘い声音を響かせてクロトにしがみつき、次々に打ち出される熱い精の奔流をその胎内でしっかりと受け止める。幸福な悦びにしっとりと潤んだ瞳はその焦点をふわふわと漂わせ、フルフルと震える唇はしどけなく開かれたまま濡れた舌先をヒクヒクと覗かせていた。

やがてクロトは疲れきってしまったのか、ミールの膣穴にいまだブビュッ、ブビュッと射精を続けたまま、意識を失ってミールの胸に倒れこんでしまう。

ミールはそんなクロトをキュッと胸に抱き留めながら、蕩けるような快楽と共に幸せそうな笑顔を浮かべたのだった。

「こ、これはいったいどういうことなのですか？」

古城にて魔物討伐の準備、すなわち淫欲の宴を繰り広げたクロトと姫百合騎士団は、数日に渡り何度も身体を重ね快楽を深くまで経験し、万全の準備を整えた。

そして明日を再出陣の日と定め、決起集会を行った、はずだった。しかし今目覚めてみると、レイア、ライカ、ミールの姫騎士三姉妹は、下半身を丸出しにした状態で闘技場にて並んで板枷に繋がれていた。そう、数日前の、彼女たちに仕える女性騎士たちのように。

「フフ。お目覚めですか、レイア様。明日の出陣を前に我らが凝らした趣向、いかがでしょうか」

騎士の一人、シャノンが全裸のクロトにしなだれかかりながら、艶然と微笑みつつ三姉妹を妖しく見つめる。他の女性騎士たちもクロトに乳房や股間を擦りつけながら、枷に繋がれた三姉妹を楽しそうに見下ろしていた。

そしてその中心ではクロトが困った笑みを浮かべながらも、ガチガチに勃起した肉棒をビクビクと反り返らせている。

「ありゃ～。参ったね。またアタシたちはクロトにしてやられたってわけかい」

「えっ、えっ……？　ライカ姉さま、それはどういう……？」

いち早く状況を理解したライカが苦笑を漏らす横で、ミールはすっかり混乱してしまっている。この状況は聡明なミールにとってもまったく想定外のことで、理解の及ばない状況にさしものミールもどうしてよいかわからずにいた。

「ライカ様、クロトさんを責めないであげてくださいね。これはクロトさんの発案ではなく、我ら騎士団の総意なのです」

騎士マナが、クロトの肉棒をいとおしそうに撫でながらそう告げる。その言葉に騎士たちは皆コクリと頷き、クロトの肉棒は待ちきれないとばかりにビクビク震える。

「私たちは皆この場所で、クロトくんのオチ×ポに忠誠を誓いました」

「ですからレイア様やライカ様、ミールにも、皆と心を一つにするため、この場所で忠誠を誓っていただきたいのです。皆の前で、クロト殿のチ×ポに高貴なオマ×コを貫かれ、淫らなアヘ顔を晒しながら……アァン……」

騎士たちは皆うっとりと表情を蕩かせながら、瞳を淫靡な期待に輝かせて枷に繋がれた姫騎士三姉妹を見つめている。しかしミールはそんな彼女たちが理解できず、枷に嵌まった首を振りその言葉を否定する。

「そんなっ。こんなことをしなくても、私たちは……ひゃうんっ？」

しかしその言葉は、途中で愛らしい悲鳴に呑みこまれる。一歩進み出たクロトが、勃起肉棒をミールの顔に押し当てたのだ。

「みんなの気持ち……わかってよ、ミール。あの魔物に絶対に打ち勝つためにも、みんな、すべてを晒し合って気持ちを一つにしたいんだ。だからレイア様やライカおねえちゃん、ミールにも、すべてを晒してほしいと思ってるんだよ……」

「あぁん……クロトォ……」

クロトにそっと黒髪を撫でられながらその清楚な美貌に肉棒でカウパーをたっぷりと塗りつけられて、ミールは甘い吐息を漏らす。クロトの言葉はミールの胸にスウッと染み入り、いつしかこの状況を素直に受け入れてしまう。

そして、しばし思案していたレイアがコクリと頷く。

「……皆の話はわかりました。騎士団の結束のため、我らも貴方たちの前で、クロトへの忠誠を誓いましょう。ライカお姉様もミールも、よいですね？」

「ああ、もちろんさ。たっぷりと皆に見せつけてやるとしようか」

「は、はい……わかりました……」

レイアの確認に、ライカは楽しそうに舌なめずりをしつつ、ミールはおずおずと、それぞれ頷いて了承してみせた。

三姉妹の意思を確認したクロトは、その背後に回る。そしてまずは後ろに突き出されたレイアの白い美尻に近づき、騎士たちの視線を受けてすでに濡れそぼってしまっている秘唇に亀頭をクニッと押し当て、挿入の準備をする。

その感触を確認したレイアは、気高くそして淫らに、高らかに宣言する。

「騎士レイアは、ここにクロトのオチ×ポに忠誠を誓うと宣言するっ。わたくしのオマ×コは未来永劫クロトだけのもの。魔物などに蹂躙させることなど断じてない。クロトのために必ず守りきってみせると、ここに宣言しっ、アヒイィィ〜ッ！」

憧れの姫騎士があまりにも淫らにしかし気高くその身を捧げてくれたことに感激したクロトは、感極まってレイアの宣言が終わる前にその狭い膣穴へ肉棒を突きこんでしまう。絶世の美貌を淫猥に歪ませて快楽の絶叫を迸らせるレイアに、騎士たちも、そしてライカとミールもうっとりと見惚れゴクリと唾を呑みこんだ。

「くうぅ〜っ！　レイア様、僕、嬉しいですっ。魔物なんか蹴散らして、必ず無事に帰ってきてくださいねっ」

「アンアンッ、アヒッ、ハヒィ〜ッ！　わ、わかりましたクロトッ。わたくしは必ず魔物を殲滅し、貴方の下へと戻ってまいりますっ。そして再びこうして、貴方のオチ×ポにたくさん愛していただきたいっ、アッアッ、ヒアァ〜ンッ。オ、オマ×コが熱くてたまりませんっ。オチ×ポがっ、セックスがきもちいいのですわっ、アハアァ〜ンッ！」

高潔なレイアが美脚をはしたなくがに股に開き、美尻を振りたてて快楽に悶え喘ぐ姿はあまりに淫猥で、そして美しかった。レイアを見守る女性騎士たちは羨望と憧憬の視線をうっとりと向けながら、すっかり濡れそぼった己の秘唇を指でクチュクチュと慰め始める。

「くあぁ〜っ！　レイア様のキツキツオマ×コ、みんなに見られてギュムギュムチ×ポを締めつけまくっていますよっ。僕、もうガマンできないっ。出るっ、出るぅっ。レイア様のオマ×コに中出しするぅ〜っ！」

「アヒィンッ！　だしてぇっ、中出ししてくださいぃっ。クロトの熱い愛の証を、わたくしのオマ×コに注いでくださいっ、ヒアァァ〜ンッ！」

極度の興奮と圧倒的な快感で早くも射精態勢に入ったクロトに、レイアの膣穴は歓迎するように根元から先端までもギュムギュムと締めつけ、熱く激しいとびきりの放出を促してゆく。

そして、クロトの快楽は頂点を迎える。

「んくあぁっ、いくっ、イキますよっ。レイア様に中出しっ、くあぁぁーっ！」

ドビュドビュゥッ、ブビュビュッ、ビュクビュクビュクーッ!!

「アッヒイィィーーーンッ！　イクイクッ、イキますぅーっ！　わたくし、イキますっ！　クロトのザーメンでっ、中出しザーメンでアクメしますぅーっ！　ンアヒィィーーーーンッ！」

敏感に疼ききった狭い膣穴にドビュドビュと勢いよく灼熱の白濁をぶちまけられ、レイアはたちまち絶頂に押し上げられて淫らに絶叫しながら美しき肢体を悶絶させる。そのあまりに凄艶な絶頂姿に、見守る騎士たちもまた指で慰めていた秘唇からプシャプシャと潮を噴いてしまう。

そしてクロトは、いまだヒクヒクと収縮する精液塗れの狭い膣穴から射精を終えたばかりの肉棒をズルリと引き抜く。すると今度は激しく勃起したままのそれをすぐさま、隣に並ぶ今度はライカの淫らに口を開け蕩けきった膣口へと押し当てる。

「さあ、次はライカおねえちゃんの番だよっ」

「ハァン、やっときたねクロトォッ。アタシ、待ちきれなくてもう、マ×コがドロドロになっちゃってるんだよぉ。もちろんアタシも、クロトのチ×ポに忠誠を誓うよっ。魔物になんて指一本だって触れさせるもんか。アタシは必ずかわいいクロトの下に帰ってきて、腰が抜けるまでたっぷりクロトのチ×ポをかわいがりまくってやる、んほおぉぉ～～んっ！　イクッ、イクウゥゥ～～～ッ！」

ライカの宣言もまた、クロトの挿入により後半は嬌声で掻き消されてしまう。クロトは激しく腰を振り、褐色の豊満な肉尻にズパンズパンと腰を叩きつけてそのたっぷりとぬかるみきった蜜壺を奥の奥まで穿ち抜いてゆく。

「うあぁっ！　ライカおねえちゃんのオマ×コ、もうグチュグチュだよっ。入れただけでイッちゃったんだね。奥からエッチなお汁がドパドパ溢れて、ものすごいドスケベマ×コになっちゃってるよっ。くうぅっ、き、きもちいいっ」

「アッアッ、アハアァ～ンッ。やっぱり最高だよ、クロトのチ×ポッ。そんなにちっちゃくてかわいい顔してるのに、ガチガチのすごいチ×ポでアタシのマ×コ、メロメロにされちまってるよぉっ。みんな、見て、見てくれよぉっ。クロトのチ×ポでだらしないアヘ顔にされちまったアタシをたっぷり目で犯してぇ～っ、んほおぉぉ～っ！」

ライカは悦楽で緩みきった口から舌をテロンと垂らし唾液をタラタラこぼしながら、騎士たちに快楽に溺れる蕩け顔を晒して悦に入る。ライカの淫らすぎる牝貌と嬌声に当てられ、女騎士たちは蜜塗れの膣穴を切なそうに指でズボズボ掻き回す。

「くうぅっ、ライカおねえちゃんの淫乱オマ×コ、みんなに見られていつも以上にグチュグチュだよ。露出の多いビキニアーマーなんて着て、見られたがりの露出マゾだったんだねっ。ほらほら、出すよ、中出しするよっ。みんなにセックス見られてイキまくッちゃいなよっ、ドスケベマゾのライカおねえちゃんっ」

「ンヒッ、ンホォッ、オホオォ～ンッ！　クロトのチ×ポ激しいよっ。ンオォッ、アタシ、見られてまたイクゥッ。ちっちゃなクロトにこんな格好でケダモノみたいに犯されながら、アヘ顔晒して変態アクメしちまうぅ～っ！」

クロトに言葉でなじられながらぐしょ濡れの膣穴を激しく掻き回されて、しかしライカは爆乳をブルンブルン弾ませ尻たぶをグイグイ振りたくって自ら淫らさを証明してしまう。

痴態を視姦されて極限まで燃え上がったライカの膣襞はヌチュヌチュとクロトの肉棒にまとわりつき、クロトの射精欲求を限界まで引き上げる。

そしてクロトは膣奥深くまで肉棒をグップリ填めこむと、蕩けるような快楽に抗うことをせずに湧き上がるすべてを放出する。

「くはあぁ～っ！　でるっ、でるよっ。ライカおねえちゃんのドロドロ淫乱マ×コに、中出しするぅ～っ！」

ビュクビュクッ！　ブビュビュッ、ドピュッ、ビュルビュル～ッ‼

「んほおぉっ、おひっ、ほっひぃいぃ～～～んっ！　イクイクイクッ、イックウゥ～～ッ！　マ×コイクッ、中出しザーメンで見られながらイクウゥ～～ッ！」

その場にいるすべての者の耳にこびりつくような甘い甘い絶頂声を上げて、ライカは褐色の豊満な肉体をビクッビクッと打ち震わせ、深い絶頂へと呑みこまれる。

その発情に蕩けきったイキ顔があまりにも淫らすぎて、見守る騎士たちの幾人かは腰が震えて立っていることすらできなくなってしまう。ペタンと尻餅をついた騎士たちは、ハァハァと息を荒げてライカの牝面をオカズに膣襞を指で穿り回していた。

大量の愛液と精液に塗れて淫らに蕩けきった膣穴からズルリと引き抜かれた肉棒は、

しかしそれでもまだ逞しく硬度を保っていた。クロトはゆっくりと移動すると、肉付きの薄いミールの生白い尻に手を伸ばし、優しく撫で上げる。

「さあ、最後はミールの番だよ。みんなの前で、宣言……してくれる？」

「う……うん……」

ミールは恥ずかしそうに頬を染めながら、しかしコクリとはっきり頷いてみせる。そして清楚でおとなしい美少女は、胸に燃える姉たちにも負けない熱い想いを騎士たちの前でクロトに打ち明ける。

「わ、私のオ、オマ×コは……クロトの、専用オマ×コなのっ。大好きなクロトをきもちよくさせるためにある、クロトのオチ×ポに忠誠を誓ったエッチなオマ×コ穴なのぉっ。おねがいクロトッ。私も姉さまたちみたいに、みんなの前でたくさんエッチしてぇっ。魔物なんかに負けないように、大好きなクロトのザーメン、おなかいっぱいに注ぎこんでぇ～っ！」

「うあぁっ、ミールッ！」

愛らしくも情熱的なミールの忠誠と告白を受けたクロトは、胸に迸る激しい衝動に突き上げられて、背後からミールをギュウッと強く抱きすくめる。そしてその小ぶりな膣穴へ勢いよく勃起肉棒をズブブッと突き立て、思いのままにズポズポ、ズポズポと抉り抜いてその最高の快楽と幸福に浸りきる。

「あんあんっ、ひあぁんっ！　クロトのオチ×ポ、はげしいのぉっ。アッアッ、見られてる、見られてるのぉっ。姉さまたちに、みんなにもっ、私とクロトのセックス見られちゃってるのぉ～っ。ふあぁぁ～っ」

「そうだよ、みんな見てるよっ。おとなしいミールが僕のチ×ポにアンアンかわいく喘いじゃってるのも、このちっちゃなオマ×コをピッタリ僕専用のエッチなハメ穴に変えておいしそうにチ×ポをジュプジュプ呑みこんじゃってるのも、みんなが見てくれてるよっ」

「ひゃうぅっ。はずかしいっ、はずかしいのぉ～っ。アンアンッ、でもでも、もっと見てほしいのっ。私のオマ×コがクロト専用なことっ、大好きなクロトのオチ×ポが相手ならこんなにエッチになっちゃうこと、みんなにも知ってほしいのぉ～っ、ひあぁぁ～んっ！」

バックからの情熱的な抽送に甘い鳴き声を響かせ、ミールはその愛らしい顔を幸せそうに緩ませる。普段のおとなしいミールしか知らない騎士たちは驚いた表情をしながらも、愛する少年の肉棒に身も心も蕩けさせた美少女の痴態に胸を熱くさせる。

同時にチュポチュポと淫らな汁音を立ててピットリと肉棒を咥えこむ膣襞の淫靡な蠕動を目にして子宮の奥がジーンと甘く痺れ、騎士たちは自ら乳房を揉みしだき膣穴を掻き回して切なく疼く肉体を慰めてゆく。

騎士たちに見せつけるようにしてミールの情熱的な反応を示す膣穴をたっぷりと味わっていたクロトであったが、その柔らかくも心地よい極上の締めつけに、またも射精衝動を抑えきれぬほどに引き上げられる。

「くうぅぅっ！　ミール、出ちゃうよっ、射精しちゃうよぉっ」

「アッアッ、出してぇっ、射精してぇっ。みんなの前で、クロトのあつぅいザーメンで私をエッチにアクメさせてっ、私をクロトのものだって証明してぇ～っ！　ひあぁぁあ～～～んっ！」

ミールの熱い求めを受け、クロトは湧き上がる射精欲求に逆らわず、思いのままにその膣奥へ精液を勢いよく噴射する。

ビュルビュルッ、ビュクビュクーッ！　ビュバババッ、ドパッ、ドバパパッ!!

「きゃううっ、きゃひいぃぃい～～んっ！　イクイクッ、イクのぉーっ！　わたしイクッ、大好きなクロトのザーメンでイクウゥゥゥ～ッ！　ふあぁぁぁあ～～～んっ！」

「くはあぁっ、ミールッ、ミール～ッ！」

クロトに名を呼ばれながらドクドクと灼熱の白濁を打ちこまれ、ミールは枷に拘束された肢体をピクピクッと痙攣させ、深い深い絶頂に落ちていったのだった。

そうして三人の美姫姉妹に連続で膣内射精を行ったクロトは、さすがに硬度の落ちた肉棒を柔らかく蕩けたミールの膣穴に埋めたまま、なんとも言えぬ満ち足りた気分に浸っていた。

だがしばらくそうしていると、ミールの膣襞がクロトの肉棒をいとおしそうに、そしてまだまだ物足りないとばかりにムチュッ、ムチュッと淫らに揉み立て始める。

「あぁん……クロトォ……私、もっとクロトがほしいのぉ……」

そしてかけられる、ミールの甘く切ない声。クロトの肉棒がピクンと反応する。

「ンアァッ、ダメだぞミール。次はアタシの番なんだから」

「ハァン、そうですわぁ。わたくしもまだ、クロトがほしいんですのよぉ」

すると今度はライカとレイアが、美尻を振りたくり膣口から白濁を垂れこぼしながら卑猥に挿入をねだりはじめる。

「あうぅっ、姫様たち、ズルイですよ。次は私たちの番です」

「そうですよ。クロト君、私たちも姫様たちと同じように愛してくれるわよね？」

さらにはいつしか女騎士たちも、自ら下品ながに股ポーズで後ろに尻を突き出し濡れそぼった秘唇をクロトに見せつけ、淫らに誘惑を始める。

いずれ劣らぬ美女騎士たちの並んだ美尻と肉棒を求めてヒクつく秘唇に、クロトは脳が沸騰しそうな抑えきれぬほどの興奮を覚え、あれだけ射精を繰り返したにもかかわらず再び完全に肉棒を逞しく漲らせる。

「うぅぅ〜っ、みんな魅力的すぎるよぉっ。僕、やるよっ。みんなが満足できるように、そして無事に帰ってこれるようにっ。くあぁぁぁ〜っ！」

そうしてクロトは一日かけて、姫騎士たちと美女騎士たちの膣穴に、その溢れる熱い想いを注ぎこみ続けたのだった。

エピローグ　新妻騎士団とハーレムの王

騎士団の精鋭が王都から出立してから一週間後。騎士たちは古城を出立し、改めてサンレマン湖のほとりへと向かった。この間の当初の討伐予定との後れについては、すでにミールによって長期戦になるとの報告が王城になされていた。

オルガローパーの潜む洞窟の入り口を臨む小さな丘へと辿り着いた騎士団はいったん休憩を取り、その間にクロトは騎士たちに淫術による防護を施していった。

「んんっ。……なんだか、身体がじんわり火照ってくるねぇ」

その褐色の肉体にうっすらと汗を滲ませながら、ライカが呟く。

「大丈夫ですか、ライカ様」

クロトが心配そうに尋ねる。プライベートではないので呼称はよそ行きのものだ。

「ああ、大丈夫だよ。確かに生娘だったらこの感覚にかえっておかしくなってたかもしれないけどさ。クロトに抱かれる時は、こんなもんじゃないからね。ハハッ」

クロトの肩に腕を回して豪快に笑うライカに、クロトもまた笑みをこぼした。

そしてクロトの手により、騎士団員十名に淫術による防護が施される。

「術の効果時間は、およそ三時間です。それまでに殲滅して、必ずここに戻ってきてください」

クロトの言葉に、騎士たちが頷く。そしてレイアは、手にした剣を高く掲げる。

「では、参りましょう。姫百合騎士団、出撃！」

姫騎士たちは丘を駆け下り、魔物の待つ洞窟内へと突入していった。


それからしばらく、クロトは洞窟を臨む丘の上で騎士たちの帰還を待ち続けた。クロトが同行しなかったのは、万が一撤退した際に再度淫術を施せる者がいないと困るためだ。いわばクロトは切り札的存在であった。

そして、三時間が経過する。そろそろ淫術の防護が切れる頃であるが、騎士たちはいまだ戻らない。クロトは不安で気が気でなく、丘の上を行ったりきたりしていた。出撃時は高かった日も、今は湖面すれすれに傾きかけている。

と、その時。洞窟のなかから、一人の人影が現れた。フラフラと歩くその人影を、クロトは慌てて丘を駆け下りて出迎える。

「ミールッ。ま、魔物はっ？　みんなは無事なのっ……？」

他の騎士たちの姿はまだ見えない。心臓が早鐘を打つのを感じながら、クロトは必死にミールへ尋ねる。

すると、夕日が放つ眩いオレンジの光に照らされ眩しそうに目を細めたミールが、小さく、しかし確かにニコッと微笑んで、そして呟いた。

「……勝ったよっ」

その報告に、クロトもまたパァッと顔を輝かせる。

「や、やったっ！　おめでとう、ミールッ」

クロトは両手を広げ、ミールに駆け寄ってゆく。ミールもまたその胸のなかに駆け寄ろうとした、のだが。

「あぁんっ、クロトォ～ッ」

ミールを追い越しクロトの胸に飛びついてそのまま地面に押し倒したのは、洞窟から勢いよく飛び出してきたライカであった。ライカはそのままクロトに覆いかぶさると、たっぷりと粘液に塗れた褐色の爆乳をクロトの顔面にモニュモニュと押しつける。

「んぷぷっ。ラ、ライカおねえちゃん？」

「ほら、見てくれよクロトッ。うじゃうじゃしてた魔物共を全部切り飛ばしてきたのはいいけど、アタシの身体が粘液でベチョベチョになっちゃったんだよ。時間が経つにつれてだんだん身体が燃え上がってきてさ。アタシもう、ガマンできないんだよっ。クロト、抱いておくれよぉっ」

「わわ～っ？　こ、こんなところでダメですってっ。誰か助けて～っ」

すっかり発情した目でクロトにのしかかりズボンを引き下ろそうとするライカに、クロトはなんとか這って逃れようとする。と、その前に、夕日に照らされてまっすぐに立つレイアの影が下りた。

「ああっ。レイア様、助けてください～っ」

クロトは助けを求めてレイアに向かい右手を伸ばす。するとレイアはしゃがみこんでガントレットを嵌めた両手でギュッと握り締め、しかしその手のひらを頬に重ねさせてうっとりと微笑むと、クロトの指先をチュパチュパとしゃぶりはじめた。

「はむぅ……チュパ、チュパッ。クロト、貴方のおかげで私たちは無事に魔物を殲滅することができました。ですが……アァッ。戦闘中に魔物の触手にまさぐられた身体が、今になって熱くて仕方がないのですっ。おねがいです、クロトッ。どうかこのはしたない身体を慰めてくださいぃっ」

「ひぃ～っ。レイア様までぇっ？」

勝利の喜びに浸る間もなくレイアとライカに揉みくちゃにされ、クロトは思わず悲鳴を上げる。そして気づけば、七人の女騎士たちもまたクロトを取り囲み、トロリと欲情に蕩けた目でクロトを見下ろしていた。そして。

「た、助けてミールッ。ひゃあぁ～っ!?」

美しき姫騎士たちは夕暮れの野外で、少年魔術師に次々襲いかかっていった。

その光景を遠巻きに眺めながら、ミールは肩をすくめて苦笑する。ミールは主に切り倒された魔物を後方から魔術によって焼き払っていたため、前線の騎士たちと違い魔物の粘液に侵されることなく済んだことで、理性を保つことができていた。

姉二人を含め騎士たちは次々にクロトの頬に熱烈なキスマークを刻んでいる。淫術の防護があったからこそこの程度の発情で済んではいるが、もし無防備に洞窟に突入していたら、いったいどうなっていたであろうか。

「……本当にありがとう。クロト……」

湖面を揺らす風に黒髪をなびかせながら、ミールはもう一度そう呟く。だがその呟きは、女騎士たちに囲まれもみくちゃにされているクロトには届いていないのであった。

翌日、騎士団の精鋭たちは洞窟内に囚われていた数人の騎士と近隣の村娘たちを救出し、王城へと凱旋した。

魔物の被害者はひどい色狂い状態になってはいたものの、幸い身体自体に異常はきたしていないようだった。そして淫術を応用することにより、時間はかかるが徐々に治療してゆくことが可能であることもその後のクロトとミールの研究で判明した。その最初の成果としてケイトが治癒に成功し明るい笑顔を取り戻したことも、騎士たちを大いに喜ばせた。

後の研究でわかったことだが、オルガローパーは元々は淫術の研究の過程により生み出された魔物であったらしい。不感症に悩んでいた王妃に献上されたそうだが、それにより性の快楽に急激に目覚めた王妃が無理に量産させ、それが大量に逃げ出したことで百年前の王都は壊滅寸前にまで追いこまれてしまったそうだ。

その魔物が百年も経って再び王都を危機に追いやることになるとは、当時の王妃も思いもしなかったことであろう。

それからおよそ半年後。シャインベルク王国は今、おめでたいニュースで持ちきりになっていた。

この日、王城には多くの笑顔を浮かべた民衆が集《つど》っていた。そしてそんな民たちを、それぞれ白、赤、黒の美しいドレスに身を包んだこの国の宝である麗しの姫騎士三姉妹が、王城のバルコニーから穏やかな笑顔を浮かべて見つめ手を振っている。さらにその中心には、ブカブカのガウンに身を包み杖をついたクロトの姿もあった。

そして姫たちのお腹は皆、ポッコリと大きく膨らんでいる。姫騎士たちは見事クロトの子を身篭り、それに伴ってクロトは王として王城へと迎え入れられたのだ。

「ほら、クロト。みんなに手を振ってやりなよ。みんな、新しい王様の誕生を喜んでいるんだからさ」

真紅のドレスに身を包んだライカに肩を抱かれたクロトは、しかし照れ臭そうに首を横に振る。

「い、いいよ。王様っていってもあくまで形だけで、実際にはレイア様を女王としてライカおねえちゃんとミール、三人で統治していくわけだし、僕はオマケみたいなものだもの」

そう言って遠慮するクロトの右手を、純白のドレスを纏ったレイアが手を取り、強く握り締める。

「いいえ。そんなことはありません。クロトがいたからこそ私も戴冠する決意をしたのですから。クロトは立派なこの国の王で、私たちの夫なのですよ」

そう言うと、レイアは真剣な眼差しでクロトの目を見つめる。それがどうにも照れ臭くて、クロトは隣の、漆黒のドレスに身を包んだミールに助け舟を求める。

「うう、ミール～……」

情けない声を出すクロトにミールは小さく微笑み、その手を取るとぽっこりと膨らんだ自分のおなかにそっと触れさせる。

「……大丈夫。クロトはもう、立派に一人前。だってこれから……パパになるんだもの」

そう呟き、慈愛に満ちた笑みを浮かべるミール。レイアとライカもまたニッコリと優しい微笑みを浮かべる。

「そ、そうだよね……。うん。いつまでも、頼りないままじゃいられないよね。よ、よ～し……」

クロトはそう思い直すと、民衆に向かって小さく手を振ってみる。てっきり美姫三姉妹を見に集まった住民ばかりだろうと思っていたのだが、手を振るクロトの姿にドッと大歓声が上がる。皆も知っているのだ。先日王城の晩餐会を襲った魔物の巣を騎士団が討伐した際に、陰ながら力添えをした少年魔術師の姿があったことを。

「よ～し。じゃ、クロトに自覚が出てきたところで、早速王様の務めにたっぷり励んでもらおうかな。そろそろ激しく動いても、大丈夫だってことだからさ」

ライカは民衆たちに見えないように、ドレスのスカートをたくし上げる。するとその下は下着を身につけておらず、剝き出しの秘唇がぐしょ濡れになっていた。

「ええっ？　こ、こんなところで？」

「アン。ライカお姉様、ズルイですわ。クロト、わたくしもたくさんかわいがってくださいね」

驚くクロトをよそに、レイアもまたライカに倣い純白のスカートをたくし上げる。

「ア、アハハ……。どうしよう、ミール」

愛しい新妻二人の熱烈なアプローチを受けて困った笑みを浮かべたクロトは再びミールに助け舟を求めるが、しかしミールはそんな姉たちを諫めることなく、それどころか瞳を潤ませて自らも漆黒のスカートを妖艶にたくし上げてゆく。

「二人ばかり相手しちゃ、ダメ……。私だって……クロトに愛されたいもの」

はにかみながらそう呟いたミールに、クロトの胸がドキンと高鳴る。

「……わ、わかったよ。こうなったら、僕の大切で大好きなお嫁さんたちを皆の前でたっぷり愛しちゃうからねっ」

クロトは愛する美姫たちをバルコニーの手すりにつかまらせると、逞しく漲った肉棒で背後から濡れそぼった三つの膣穴を代わる代わるズボズボと貫いてゆく。

「アヒインッ！　ステキですわクロトッ。さすがわたくしの夫ですわぁっ」

「ンホオォ～ッ！　いいよクロトッ。アタシの全部、アンタに捧げるよぉっ」

「ヒアァァ～ッ！　クロトッ、スキスキッ、大好きなのぉ～っ！」

その美貌を淫らに蕩けさせる麗しの美姫たちを、民衆たちは羨望の眼差しでうっとりと見上げている。そんな民たちの身体もまた、知らぬ間に熱く疼き始める。
それから約一年後、シャインベルク王国が空前の出生ラッシュを迎えることに、愛する夫に幸せそうに甘い声で喘ぎ鳴く姫騎士姉妹はまだ知る由もないのだった。

こうして少年魔術師クロトは姫騎士三姉妹と結ばれ、さらには後に懐妊したシャノンやマナといった姫百合騎士団の精鋭たちをも、妻として迎えることになる。
後にクロトは騎士団を丸ごと妻とした姫騎士ハーレム王として、シャインベルク王国の歴史に名を残すことになるのだった。

（ＦＩＮ）

美少女文庫
FRANCE SHOIN

ハーレムファンタジア　囚《とら》われの姫《ひめ》騎《き》士《し》団《だん》

著者／鷹羽シン（たかは・しん）
挿絵／あいざわひろし
発行所／株式会社フランス書院
〒102-0072　東京都千代田区飯田橋 3- 3 -1
電話（営業）03-5226-5744
（編集）03-5226-5741
URL http://www.bishojobunko.jp

印刷／誠宏印刷
製本／宮田製本

ISBN978-4-8296-6257-1 C0193